Einaudi. Stile Libero Big

Dello stesso autore nel catalogo Einaudi

Violazione

L'amore normale

Alessandra Sarchi

La notte ha la mia voce

Einaudi

www.einaudi.it

ISBN 978-88-06-23201-6

La notte ha la mia voce

L'impulso che sta alla base della sopravvivenza è intrinsecamente libero.

JERZY KOSINSKI

Presto ho scoperto di essere morta.

Siccome però mi toccava continuare a vivere, ho tirato avanti. Credo che capiti a molti, se non a tutti, e i piú fanno come me: tirano avanti, senza cedere alla tentazione di voltarsi indietro. Tentazione che prima o poi arriva.

Di recente mi è capitato di vedere in tivú un'intervista a John McEnroe in occasione dell'uscita della sua autobiografia. Campione di stile e tecnica nel tennis tra gli anni Settanta e Ottanta del secolo scorso, il numero uno delle classifiche mondiali è diventato un brizzolato e atletico dispensatore di battute in tipico stile dry humour. A un certo punto, mentre proiettano sul fondo dello studio televisivo sequenze dell'incontro piú importante della sua carriera, quello disputato con Björn Borg a Wimbledon nel 1980, McEnroe si alza dalla sedia e fa una cosa che mi appare incredibile: s'inchina col capo e col busto a se stesso, cioè all'immagine vittoriosa e giovanissima di sé che scorre nel filmato.

Gli occhi mi si riempiono di lacrime e non faccio nessuno sforzo per trattenermi. Mi abbandono a un pianto disperato e voluttuoso, cercando invano un fazzoletto.

McEnroe stava salutando un se stesso passato, morto. Era come se dicesse: sei esistito, sei stato quel campione ammirato da tutti. Ora che non sono piú te, ora che sono diventato un altro, ti ammiro anche io, ti riconosco per quel che eri. Ti rimpiango.

Spenta la televisione, sono andata a cercare una mia fotografia risalente a una decina di anni prima. Sapevo di averla messa in un raccoglitore, sotto una pila di libri, ma era cosí ben nascosta che ci ho impiegato un po' a ritrovarla. Questa foto chiude, per me, il XX secolo. Scattata mentre salivo le gradinate del Teatro greco di Taormina, all'inizio di luglio 1999, è l'immagine di una me stessa intatta, in moto, libera. Sono ripresa dal basso, i polpacci spingono verso l'alto, verso gli spalti da cui potrò ammirare meglio la scena e il pendio che dal teatro corre al mare, la schiena scoperta è uno specchio di sole. Sono inerme come può esserlo chi ha fiducia nella vita. La testa piegata di lato, con i capelli raccolti e mossi dal vento, mantiene la concentrazione facile della felicità: questo è uno di quei giorni che ricorderai come perfetti, ammesso che la perfezione possa essere ricordata.

Si può procedere, mancano pochi gradini al nuovo secolo e salire non è fatica, se uno sguardo benevolo ti accompagna e scorta i passi in una porzione misurata di cielo, un blu che ti contiene. Ci vuole molta confidenza per lasciarsi fotografare da dietro, la schiena su cui poggia tutto quello che siamo stati non si lascia plasmare dalle occasioni, al contrario della faccia su cui appendiamo il presente, ogni giorno. In quel trapezio di muscoli e ossa, ancora illese, vedo la vulnerabilità di ciò che non ho potuto scegliere, di ciò che mi ha preceduta e seguita, a dispetto di quello che avrei voluto essere.

La distanza tra la fotografia e il presente è incolmabile, si tratta di un'altra persona. Tutta quella luce abbaglia, meglio riporla dov'era, facendo attenzione a non rovinarla con il sudore delle mani, è una stampa di cui forse non esiste nemmeno piú il negativo. Avvolta da due fogli di carta la infilo nell'oscurità che la protegge, ne preserva il colore e la grana.

Per una curiosa forma di analogia succede cosí anche con i ricordi, si consumano se esposti alla quotidianità, tornano a brillare solo se incidentalmente dissepolti: l'oblio e la distanza sono necessari alla conservazione del nucleo di vita che hanno imprigionato. E poi c'è il presente, con la sua pretesa di saperne di piú del passato e con la certezza di esserci ancora, rispetto al passato. Ma tanto l'esserci ancora quanto il saperne di piú della vita hanno un prezzo, avere un destino è una cosa che si paga.

Ripenso al giorno presago in cui, mentre andavo a prendere il pane, ho incrociato una gita scolastica, un gruppo di ragazzini raccolti intorno a una sedia a rotelle sulla quale sedeva una quindicenne bionda. Non ho fissato i tratti del suo volto. Le ho guardato i piedi, calzati dentro scarpe da ginnastica, immobili sul predellino. Poi sono salita sul marciapiede che la separava da me, venti centimetri invalicabili dalle ruote, e mi sono chiesta com'è vivere cosí?

Non sapevo, allora, di aver incontrato il mio *altro*, l'unica possibilità che avrei trovato di raccontare di me.

Parte prima

La terra

C'è una prima scena di cui so tutto. So che toccherà a me non appena un oggetto, che si scoprirà in seguito essere il parafango di un camion, rotola nel buio verso l'auto, che comincia a sbandare per evitarlo e poi si ribalta su se stessa, uscendo dalla carreggiata dell'autostrada, l'A1.

Da quel momento non so piú niente, mi sono abbandonata. Inutile opporre resistenza, la mia cintura di sicurezza era slacciata, e non c'è stato tempo. Non ci sarà mai piú tempo.

È sulla sponda fangosa di un fosso che ho perso la vita che conoscevo, l'uso delle gambe e il controllo del mio corpo. A volte, quando ci ripasso di fianco, cerco con gli occhi il punto esatto, ma l'auto corre sempre troppo veloce, e non ho riferimenti precisi per individuarlo. Anche se li avessi, il punto in cui ho cominciato a morire esiste ormai solo dentro di me.

Questa scena non si cambia, è ferma per sempre. Ce n'è una seconda, invece, che fluttua, mi segue come un'ombra, e come le ombre si lascia deformare e attraversare, senza cedere il suo mistero.

Una mano mi ha aperto la testa. Ero appoggiata con l'orecchio sinistro sul piano di acciaio del tavolo e la mano ha sezionato il mio cranio in due calotte proseguendo fino a trovare il canale del midollo lungo il collo e la schiena. Rumori viscidi di materiali organici molli, uva matura schiacciata tra i polpastrelli, ma non cola sangue. I capelli si dividono in due parti e cadono sul metallo, come parrucca. I rumori sono scollati da quel che sento. Prima arriva il rumore poi vedo, telecamera di una me stessa anestetizzata. Le dita frugano dentro il cervello aprendone gli alveoli che si colorano di rosso, nella profondità, nel nascosto, per quanto la mano spinga e sollevi masserelle di materia grigia e vasi irrorati, si sottrae la sostanza. Anche il dolore tace. Piuttosto incalza il cinema delle occasioni perdute, delle istantanee che si confondono e sovrappongono, e non è detto che sia proprio io, anche se riconosco tante cose amate e altrettante odiate, ma la lingua è inceppata, sciama un oscuro dialetto che non si traduce se non in lampi vocalici e consonantici senza sequenza. Di quale colpa mi si accusa? La mano attraversa una colluvie di me stessa remota e presente, non c'è riparazione possibile, se a tal fine si era mossa con tanta chirurgica perfezione. Soppesa grammi di cellule neuronali aggregate in gelatina ed è come se centrifugasse la vita che ho vissuto, e per la quale – è evidente – non c'è continuazione. Rimarrò cosí, il capo aperto su un tavolo, seduta su una sedia dura, finché ne avrò percezione. Poi sarà poltiglia, liquidi che fuoriescono, evaporano, si seccano, nei decenni, la polvere.

Chi mi assicura che il danno sia venuto dall'esterno e non da questa mia testa, per arrivare alla mia schiena ormai aperta, sezionata e scavata, non piú ricomponibile? Eppure tutti sempre a dire: conosci te stesso, guarda dentro di te, sei tu che plasmi la tua vita, e porti in te il tuo male, il tuo bene, e io a crederci cosí tanto da voler vedere fino in fondo cosa ci fosse, da dove venisse quel senso di uggia, ma anche quel dolore e la noia e l'impossibilità di adattarmi al mondo. L'ho voluto cosí tanto – il mondo, la conoscenza – che quando la mano si è avvicinata, brandendo una lama piatta, non ho detto: vattene e lasciami in pace, ma: aprimi e liberami. Senza contare poi che la mano – non stupitevi – era la mia.

Ma cosa credevi, di trovare davvero te stessa? Piú di tutto, trovare Dio nella materia. Negli smerigli del midollo che sembra cenere mescolata ad acqua, a vederlo, nelle lamelle ossee, nel liquido ematico.

Prima, molto prima, quando non erano né uomini, né animali, né piante, ma solo materia, allora Dio dov'era, come parlava, come gioiva dell'essere, come saltellava lo Spirito nelle 118 caselle della tavola periodica? Cosa si dicevano fra di loro i metalli, i non metalli, gli attinoidi e gli alogeni? Forse era tutta un'unità, una beatitudine fusa, atomi che non sapevano di essere atomi, pietre, quarzo, uranio, rame, ferro, oro, carbone, gas, luce e buio, freddo e caldo, umido e secco che non sapevano di essere, ma erano. Anch'io volevo non sapere. Essere e basta, ma ancora in vita. Sottrarmi a quest'esilio dell'io per tornare a essere materia che si trasforma. Ma non c'è ritorno senza fine, e dalla fine questa è l'unica voce possibile, lo scoperchiamento quotidiano, l'offesa di chi è rimasto senza Dio. Un altare d'acciaio, una lama, un sacrificio inutile. Non te l'aveva chiesto nessuno.

Anni Settanta e Ottanta del Novecento. Il ricordo del ciclo delle scuole elementari e delle medie è marchiato da due immagini: donne cariche di un peso umano. Due madri che trasportano i rispettivi figli sulle spalle o in braccio, attraversano il cortile, salgono una lunga rampa di scale sotto qualsiasi cielo, per portare dentro la scuola una bambina nata con gravi danni neuromotori e un ragazzino colpito da distrofia muscolare. Non ci sono ascensori fuori e dentro l'edificio, né servizi igienici adeguati. A una certa ora, in genere all'intervallo, le madri ricompaiono per trasportare di nuovo i figli sulle proprie braccia, stavolta in bagno, dove la carrozzina non riesce a entrare. Hanno le mascelle serrate, la schiena curva e noi il divieto di intralciarle con le nostre corse. Le vediamo di nuovo cariche della loro prole all'uscita, quando suona la campanella, escono prima di tutti noi.

Sono cose terribili e penose, ma in genere capitano agli altri. Le guardiamo come tragedie individuali che suscitano gesti di solidarietà o scaramanzia – le carezze alla bambina che non parla eppure sorride se la tocchi, un fazzoletto al naso per non sentire un certo olezzo di deodorante e urina – ma rimangono questioni private.

È l'8 dicembre 1979, ho appena fatto il bagno nella vasca e il corpo che abito da poco – sono nata nel 1971 –

trapassa vapore alla canottiera di lana, al pigiama indossato di nuovo. Il corpo quando si ammala, spesso di tosse di bronchi di febbre di gola, poi guarisce. Ora è sano e pieno di energie, mentre vado a fare colazione. Sono cosí felice di essere il mio corpo che sa di borotalco e ha fame.

Fuori dalla finestra la neve scesa durante la notte solleva il giorno in una spuma farinosa, che brilla per qualche minuto al sole del mattino, ma ghiaccia appena il cielo si chiude, compatto di nuvole. Il tempo di finire la mia tazza di tè. Dal vetro appannato non si distingue quasi piú nulla, sembriamo precipitati in un'altra notte di bianco e grigio. È di repentini cambiamenti come questo che si nutre la mia attesa di Dio, all'epoca, soprattutto mentre litigo con la calzamaglia a costine di lana rossa che pizzica le cosce e lascia i piedi comunque freddi, dentro un paio di scarpe nuove, due polacchini che mi aspettano vicino alla stufa. Controllo che le costine da cui è formata la tessitura delle calze siano allineate, e il piú possibile parallele, la consapevolezza delle gambe dritte e solide è una specie di orgoglio di esistere, prima ancora che una questione estetica. Da ultimo infilo una gonna scozzese, chiusa con una spilla sul fianco.

A casa di mia nonna ci si veste ancora in cucina, d'inverno, perché è il luogo piú caldo della casa, ma l'idea di dover uscire e abbandonare il calore umido di quella stanza, il brodo di carne che sobbolle sui fornelli, il nonno che sfoglia il giornale, il cane accucciato sul divano mi dà una specie di euforia. Mi sono nutrita della quiete succulenta di queste mattine festive e non temo il freddo, anzi, lo voglio.

La strada è stata battuta dagli spazzaneve e la soletta che si è formata è perfetta per incidere col tacco segni e tagli. Lo sdrucciolio sotto gli stivaletti nuovi produce un rumore attutito, avrei voglia di mangiarla, quella neve, e di sciogliere in bocca il ghiaccio per sentirlo fino ai polmoni. Le alette dell'assurdo cappellino di lana lavorata a mano che mi hanno imposto per uscire mi rimandano il fiato, come in una nuvola di me stessa che sa di ardore, inesperienza, protezione. Non so niente del mondo, intuisco però che il rassicurante ritmo stagionale della vita contadina dei nonni già non mi appartiene piú. Sarà presto passato remotissimo come il dialetto, che sempre di piú si rivela una lingua che descrive oggetti e azioni fuori dalla mia portata, un modo di vivere che non sarà il mio né quello dei miei compagni. Siamo cresciuti in questa realtà sul punto di sdoppiarsi e separarsi per sempre, e già cominciamo a sentirla come una mitologia perduta.

A scuola la maestra elogia i miei temi, ne ha letto un brano in classe, dice che sono portata per la scrittura. Tre volte alla settimana frequento un corso di danza classica. La mia insegnante viene da Odessa e ha appeso alla parete, sopra la sbarra degli esercizi, un grande poster di Rudolf Nureyev che fisso mentre eseguo i miei *pliés*, quasi lui fosse presente in carne e ossa e mi osservasse. È cosí bello, cosí ben disegnati e torniti i suoi muscoli. Sento che come lui compirò un grande balzo, un volo che mi porterà altrove, verso un destino grandioso, forse tragico. Salto spesso anche da ferma: per allenarmi, dico a chi mi chiede che stai facendo. Inarco i piedi e mi sollevo sulle punte, saggiando l'elasticità dei tendini e la flessibilità articolare, faccio *pirouettes* e *arabesques* tutto il tempo.

In mezzo alla neve però rischio di cadere. Sotto le suole, se accelero, la neve si sgrana togliendomi l'equilibrio. Devo rallentare. Arrivo tardi in chiesa, la messa dell'Immacolata è già iniziata, e non ci sono piú posti a sedere, mi sono dilungata a incidere solchi sulla neve per cavarne fuori l'anima nera sotto, il cemento e la terra. Scivolando lateralmente arrivo fin quasi all'altare, la chiesa è piccolissima, un ex voto costruito nel Seicento una volta debellata la peste, fuori dal paese. Una stanza rettangolare che termina nella calotta dell'abside, dal cui gelo azzurrino emerge un affresco restaurato di recente, una rosea Madonna del Latte. Dai banchi arrivano i fiati delle persone che cantano e pregano, dall'altare il fumo dell'incenso che il freddo rende visibili mentre si mescolano a mezz'aria. Allo scambio della pace mi sento anch'io levitata a quell'altezza, ma non è per fede, capisco cosí poco del rito se non che è fatto per persone che si conoscono una a una e hanno bisogno di rassicurarsi in quel modo, i vestiti buoni, le file ordinate, i posti fissi in chiesa, le parole che sanno di conforto. A me, nel frattempo, si sono congelati i piedi e le mani, nonostante i guanti e le calze di lana, e cosí, isolato dalle sue propaggini che servono al movimento, il mio corpo sprigiona un calore tutto interno, una piccola spirale che si avvita sale e mi sradica, mentre l'insensibilità che fa gialle le dita assomiglia a una paralisi, se solo sapessi che si chiama cosí, ma all'epoca non lo so, e quegli attraversamenti di corrente elettrica che si attorcigliano ai nervi spingendo verso le estremità all'inizio mi indolenziscono tutta, poi mi fanno sentire come il nero sotto la neve: scavi, scavi e trovi solo il sordo del cemento, la pietra imbitumata che non si lascia attraversare dall'aria.

Cerco di recuperare l'allegria di prima, quando ero ancora nel mio pigiama, facevo colazione e desideravo la neve, ma non torna. Al rientro percorro correndo i quattrocento metri che mi separano da casa e per poco non scivolo sul ghiaccio. Se corro mi scaldo, penso. Ma non succede. Mani e piedi, che pur si muovono, continuano a essere confinati in un limbo irraggiungibile. Dove sono andati, perché non mi rispondono? È come quando, dopo averci dormito sopra, un arto schiacciato si perde e bisogna richiamarlo a forza perché rientri nella mappa del corpo e cessi di essere un formicaio, un brulicame impazzito di insetti che pungono il vuoto. Sono dentro il mio corpo che corre eppure una parte si è staccata, ha scoperto di esistere anche senza rientrare nel perimetro sorvegliato di quel che sento come mio, di quel che riconosco. Rivedo una scena televisiva: le mani e le braccia dell'astronauta fluttuano come alghe sullo schermo, un cordone bianco lo ancora a una navicella. Anch'io mi aggrappo all'idea del pranzo che mi aspetta, ma è un filo troppo esile. Adesso vorrei che Dio si manifestasse, per dirmi che non è vero, che il mio corpo non può esistere senza la mia volontà e fuori dal mio controllo, che nulla può esistere infine senza la sua onnipotente benedizione. Nulla senza l'alito dolce e buono della vita che conosco.

La neve ai lati della strada si sta sporcando. La portiera di un'auto parcheggiata vicino al cancello della casa di mia nonna si apre, spunta un'amica di scuola, era senz'altro in chiesa anche se non mi sembrava di averla vista. Mi chiama e chiede: hai fatto i compiti di Matematica?

Ci sono mali peggiori di un paio di mani e piedi congelati, la Matematica ad esempio, per la quale l'odio è diventato un punto fermo della mia identità infantile. Lo sanno tutti, la maestra e i miei compagni. Le rispondo che no, non li ho fatti ancora e, tirando una palla di neve contro la sua portiera aperta, di rimando le chiedo se ha ricostruito l'albero genealogico di famiglia, cioè se ha fatto il compito di Italiano. Scuote la testa e mi saluta, mentre io mi domando quale sarà il suo secondo nome, ammesso che ce l'abbia, perché non tutti ce l'hanno, e proprio ora che mi sono distratta, che mani e piedi sembrano essere tornati diligenti al loro posto di sempre, ripenso ai miei tre nomi scritti con inchiostro Bic nero, uno in fila all'altro, e al senso di disagio, allo scollamento improvviso che mi aveva colto a vederli definire me stessa. Io.

Lí era iniziato il distacco di me da me. Se scavi e dividi la neve, sotto puoi scoprire il nero che agglutina. Retrocedi per gradi fino allo zero di te stesso, separi le sillabe, scomponi il suono dal significato e ti senti quello che sei: un estraneo sempre, calato in un insieme di membra che non hai scelto, anche se ti hanno detto che quel corpo è tuo e devi averne cura, calato in un nome che non ti rappresenta, ma al quale aderisci per inerzia burocratica e consuetudine fonetica: cosí ti ha sempre chiamato tua madre, e dopo di lei tutti.

Poco dopo l'anno 2000. Di ritorno dagli Stati Uniti, dove ho vissuto la seconda metà degli anni Novanta, trovo l'Italia tappezzata di un simbolo che stilizza l'essere umano su una sedia a rotelle. Non che la gente ci faccia particolarmente caso: continua a parcheggiare là dove sarebbe riservato, o a infilarsi in un servizio igienico che dovrebbe stare chiuso a chiave e che non dovrebbe essere sporcato. La parola handicappato, quasi innocua anche come insulto nei decenni precedenti, è diventata difficile da utilizzare. Disabile e diversamente abile vengono preferite come meno offensive, quasi nobilitanti.

Hanno smesso di morire giovani, vivono vite piú lunghe. Sono tanti. Vengono riconosciuti in quanto categoria sociale e problema, in maniera un po' confusa e volontaristica, come da sempre in un Paese dominato dalla pietà e dall'ipocrisia cattolica. Entrano nei discorsi pubblici e politici in modo non tanto diverso dagli omosessuali, dalle coppie di fatto: marginalità in espansione le cui rivendicazioni turbano assetti e convinzioni morali. Ormai faccio parte di loro.

Per molto tempo la luce che al mattino colpiva le mie palpebre passando attraverso le persiane accostate o, quando non c'era il sole, il chiarore piú netto del giorno erano i primi segnali che dall'esterno arrivavano a riportarmi alla mia nuova condizione fisica: la semiparalisi dalla vita in giú. Nelle maree del sonno ero tornata nel corpo che mi era appartenuto prima dell'incidente, mi muovevo in libertà, sentivo. Non appena la psiche ritirava nelle sue regioni piú remote il teatro dei sogni, dove tutto era uno e vivo, lasciando le membra a sbrigarsela da sole nelle incombenze diurne, si riaffacciava la consapevolezza del disastro. Innaturale era già la posizione del risveglio, supina e con le braccia lungo i fianchi, per me che avevo sempre dormito rannicchiata su un fianco o di pancia. E piedi e gambe e ventre e spina dorsale riaffioravano distinti ma solo per presentarsi in un coro di strepiti, ognuno con la sua lamentela, insieme solo per produrre il rumore gracchiante di una radio che non riceve correttamente il segnale e distorce l'aria piú che emettere suoni.

Il pensiero del Dottor G era la seconda cosa che mi gravava al materasso, insieme al peso immobile dei piedi, delle gambe e dei glutei. Era lui che mi aveva salvata e consegnata alla paralisi. E me l'aveva anche spiegata, lui alto e verticale, io orizzontale e fasciata di flebo: come fosse tutta una questione di corrente elettrica e di impulsi che partono dal cervello e attraverso il midollo raggiungono i nervi periferici, gli arti e, di rimando lungo la via della sensibilità, da ogni centimetro di corpo vengono spediti al sistema nervoso centrale per essere decodificati. Con la lesione al midollo il passaggio era interrotto, la sensibilità azzerata sotto la ferita, bloccato il movimento. La natura non aveva previsto la riparazione di questo tessuto, la medicina forse, un giorno.

Avevo osservato la grazia sadica delle sue lunghe dita – da piccolo doveva essere stato un solitario trinciatore di zampe di gallina e coscette di pollo su qualche tavolo da cucina – prima che emettesse la condanna che di sicuro avrebbe voluto evitare: no, non camminerà piú.

Avevo desiderato un'intimità con quell'uomo che mi aveva aperto, aveva trafficato con le mie ossa e i miei liquidi, poi mi aveva ricucito. Era venuto a controllare che non fosse uscito niente di quello che lui aveva ricollocato e suturato, ma anche a conoscere la mia faccia. Se li era lasciati scappare, il desiderio, la curiosità e il sollievo, forse, di vedermi frontalmente, dopo che per undici ore era stato chino sulla mia schiena a operare attraverso un microscopio. Poi però aveva allontanato lo sguardo, le implicazioni, la vita che ci stava dietro. Doveva essere cosí con tutti i pazienti; nemmeno io avevo retto i suoi occhi cerchiati, remoti, e avevo dirottato l'attenzione sulle mani, provando a immaginarne il peso, che doveva essere leggerissimo.

Quante fantasie avevo inseguito su quello sguardo che era entrato dentro di me, là dove io non avrei mai visto, su quelle mani estranee a contatto con l'essenza del mio essere fisico, il midollo, grigio prolungamento della materia cerebrale che governa percezioni e movimenti. Quelle stesse mani che mi avevano restituito un corpo diverso in dotazione, salvandolo dalla morte certa. Un corpo che non sentiva e non faceva la metà delle cose che era abituato a fare prima, che a stento si riconosceva: in sala rianimazione non erano stati i comatosi attaccati a respiratori che avevo intorno a terrorizzarmi, ma i lunghi minuti impiegati per capire che ciò che avevo toccato, e sentito duro ed estraneo, era l'osso della mia anca. Di questo riprendevo coscienza, a ogni risveglio che mi riportava dalla città dei sogni a quella dei vivi, laboriosi, efficienti, sani. I camminanti, i bipedi, i normali, mentre io ero mezza morta.

A tratti abbiamo tutti nostalgia dei morti, tutti molta paura, ma com'era singolare la condizione in cui mi trovavo: ad avere paura e nostalgia di me stessa. A volte la nostalgia la vedevo negli occhi di chi mi aveva conosciuto prima, come se nell'iride potesse affiorare il contorno di una figura precedente cucita alla memoria.

Ogni volta che un amico mi diceva raccontami cosa è successo, alzavo un muro di protezione che tenesse a bada il passato, per me stessa e per chi mi ascoltava. Riferivo l'indispensabile, le concomitanze esterne, le cause materiali. Tutti diciamo: racconta, ti ascolto. Ma sappiamo farci davvero carico di un racconto in diretta e delle sue conseguenze? Quasi mai. Gli preferiamo una versione addomesticata, già lontana dal colpo che sappiamo essere stato irreversibile.

Tornata a casa avevo cercato di oscurare il ricordo dei mesi interminabili passati nel centro di riabilitazione spinale. Molto di quello che era successo là dentro era indicibile, lo lasciavo ingarbugliare in un angolo della testa, un groviglio di pena e vergogna, ma indicibile era diventato anche il mio corpo presente e futuro.

Avevo a tal punto assorbito la lezione di essere un corpo da rieducare, come infermieri e medici predicavano là dentro, che se non volevo indugiare nelle insidie di una velleitaria distinzione fra ciò che non sentivo, ciò che sentivo distorto, ciò che forse solo immaginavo – perché anche il corpo immagina – era meglio alzarmi dal letto. Cosa che avevo imparato a fare puntando il peso sugli avambracci, mentre le gambe irrigidite si divaricavano un poco, fino a quando, dopo essermi raccolta a libro su me stessa per sedare le contrazioni dei muscoli, prendevo prima la gamba sinistra poi la destra e le sporgevo piegate giú dal letto, dove si trovava la mia sedia a rotelle. La guardavo e, rimossa l'istintiva repulsione, mi traslavo sempre a forza di braccia. Calata nella congerie meccanica e primitiva – bisognava pur benedire l'antichissima invenzione della ruota – che mi faceva da protesi, da sostegno, da abitacolo e da mezzo di locomozione, andavo incontro al mondo.

Le scarpe devo averle buttate via o regalate abbastanza in fretta. Un paio dopo l'altro, con la furia con cui ci si libera dei resti di un amore scaduto. Erano tutte coi tacchi, avevo portato tacchi non altissimi ma, nella mia nuova condizione, sufficienti a far penzolare i piedi come salsicciotti appesi. I tacchi sono fatti per essere premuti, per scricchiolare e gemere insieme al suolo calpestato, ma io non calpestavo piú nulla. Ogni tanto ci ricascavo e mi compravo un paio di vezzose scarpe scamosciate con tacco a rocchetto. Dopo un'ora che le avevo addosso le mie estremità erano salvagenti gonfi. E allora addio tacchi e calze di seta trasparenti o di lycra colorate. L'unica soluzione per sospingere il sangue e la linfa verso il cuore, impedendogli di stagnare pericolosamente nelle gambe immobili, è inguainarle dentro gambaletti graduati, che si trovano in commercio in un oscuro color carne, la tintura incerta di un cattivo pittore di nature morte.

Ma anche a lasciarle libere e nude, le mie gambe non atterrano mai e a mancarmi, piú di tutto, è la terra sotto i piedi. Percorro chilometri e chilometri senza mai tastarne la consistenza, la temperatura, gli stimoli sulla pianta. I miei piedi stanno diligentemente appoggiati a un predellino che li tiene sollevati dal suolo, tra le due ruote anteriori della sedia. Non è come volare, è solo mancare di presa. Le mani decidono la direzione del moto, accelerano e frenano. Il busto subisce urti e spinte da quella propaggine gelatinosa e attraversabile che sono diventate le gambe, i glutei e il bacino, si sbilancia e cerca l'equilibrio senza requie. Anche il camminare è uno sbilanciarsi continuo e un continuo riguadagnare la stasi. Il tallone si alza, il ginocchio si flette, prima un piede poi l'altro, una gamba dietro l'altra, per un tempo brevissimo il corpo è quasi senza appoggio, ma con che esultanza riafferma la sua gravità a terra, dall'alto. Sono i milioni di anni impiegati per raggiungere la stazione eretta, per staccare le mani dal suolo, allungare la colonna e renderla portante, installarci sopra il cranio in modo che potesse allontanarsi il piú possibile dai piedi e dall'ano, dove la vita defluisce, ad affermare il diritto incontestabile alla soddisfazione di stare in piedi.

Se i piedi non tracciano piú orme, perdi il tuo peso e ti senti smaterializzato. Non domini piú nulla dall'alto. Acculata sulla sedia sono tornata in prossimità degli esseri che strisciavano e si trascinavano, predati. È riemersa l'angoscia ottusa delle ère in cui non siamo stati piú pesci ma nemmeno bipedi eretti, carne che ingoiava altra carne per esserne ingoiata a sua volta. Per un periodo lunghissimo abbiamo agognato a separarci, a trasformare le pinne in zampe e le zampe in piedi, nella catena di una diversificazione che voleva un'altra libertà rispetto a quella amniotica dell'acqua e della melma: la libertà che brucia dell'ossigeno. La libertà del cervello che può guardarsi intorno perché una spina dorsale e due gambe lo sorreggono, e guardandosi intorno può non solo proteggersi da chi ancora lo vuole predare, ma anche concepire pensieri divaganti, divertenti, inutili se non a se stesso, all'incanto senza finalità che ha scoperto di poter contenere: la scelta svincolata dal bisogno cogente.

I miei bisogni, invece, sono ridiventati cogenti: attenzione ai batteri, sempre pronti a banchettare in un corpo indebolito, attenzione al peso inerte delle mie estremità, al calcio che abbandona le mie ossa e poi, fuori di me, attenzione alle buche, agli ostacoli, a tutto quello spazio che non controllo, non mi accoglie.

Quando d'estate noto lo scivolare altrui di un piede accaldato fuori dal sandalo, verso la libertà del contatto col fresco, il sollievo dai passi calcati in quella promiscuità costante che la pianta mantiene col suolo, e ancora di piú quando mi trovo in una situazione insolita, sulla sella di una moto, o al mare quando rimango prigioniera di un lettino sulla sabbia finché qualcuno non mi porta in acqua, in quei rapidi momenti di passaggio fra l'essere ferma e il ritrovarmi accelerata, all'improvviso mi rendo conto di quanta vita perdo, e ho perso.

È in quei momenti che la distanza mi sembra troppa, la memoria dell'esperienza di tutti gli anni in cui ho camminato si ribella, rinfaccia e desidera la terra della mia infanzia, quando la vedevo rivoltare nei campi dove seguivo il lavoro dei nonni, e quando io stessa scavavo buche e tane, cercavo approvvigionamenti e scoprivo che sotto la crosta iniziava un'altra vita, un intreccio di lombrichi radici e pasta scura. L'odore della pasta scura, delle ore passate a zollarla, seccarla all'aria, sbriciolarla fra le mani, amalgamarla per farne creature a mia somiglianza mi sovrastava anche di sera, dopo che i giochi erano finiti, le mani lavate e le unghie ripassate con la spazzolina, l'odore risorgeva nelle narici e copriva il sonno, diventava l'infinito in cui mi espandevo e dove si perdevano le circostanze minute e precise dei miei pochi anni di esistenza.

Non credevo si potesse avere cosí tanta brama del fango, della polvere, della terra che ti fodera fino ai malleoli e s'appiattisce sotto i talloni, mentre tu godi a sentirla crescere in riccioli bruni fra le dita.

Camminare viene prima del pensare, il piede che si stacca e avanza è il gorgoglio di una parola, la premessa di un pensiero: mi sembra cosí evidente, ora, che camminando non facciamo altro che scrivere chi siamo. E questa scrittura ripetuta, cancellata, corretta, sempre nuova, traccia la nostra libertà.

Non finirà mai lo stupore per come, pur sollevata da terra, il mio orizzonte si sia abbassato all'altezza delle maniglie, ai pulsanti degli ascensori, l'attenzione costante alle sconnessioni nel suolo, ai gradini, alle pendenze che mi fanno ruotare su me stessa e sulla mia impotenza.

A vent'anni credevo che sarei rimasta per sempre giovane e carina. Mi guardavo allo specchio e pensavo a quella come alla mia forma definitiva. È stupido, ma lo credevo sul serio. Dieci anni dopo, ero nella condizione di chi non ha immagine di sé, di chi non può averla perché non c'è piú niente che corrisponda ai canoni, alle mode. Mi sentivo tagliata fuori dal desiderare collettivo. Se passavo davanti a una vetrina evitavo di guardarmi riflessa. Quando uscivo con la mia famiglia, un compagno e una bambina, lo spazio attorno a noi si restringeva fino a diventare simile alle gabbie in cui, un tempo, si esponevano prodigi e rarità, tipo il digiunatore, la donna barbuta, le gemelle siamesi. Poverina, poverino. Che peccato. Che disgrazia. E tanti sorrisi vacui. In quei momenti, non so quale bestia si stanava dentro di me e prendeva a saltare al ritmo di una musica che fracassava i timpani, era la bestia che usciva dalla gabbia per spaventarli e cacciarli tutti.

L'allucinazione durava qualche secondo, poi tornavo normale. Mi aggiustavo un piede andato fuori posto sul predellino. Non pensavo a nulla. Dicevo alla gente di scansarsi per farmi passare, come fanno tutti. Durava un po' cosí, poi eravamo da capo. La gabbia si faceva piú fragile, la bestia piú feroce.

Ero piú o meno in questo stato d'animo quando incontrai Giovanna.

Di lei mi arrivò la voce, per prima. All'inizio mi aveva dato fastidio. Chiacchierava a un volume piuttosto alto dietro la tenda gialla che faceva da séparé tra un cubicolo e l'altro, tra un lettino fisiatrico e l'altro, nello specifico, alla mia destra. Tutti chiacchierano in una palestra di riabilitazione fisica. Se uno entrasse senza sapere dove si trova penserebbe di avere davanti una serie di pazienti dallo psicanalista o di fedeli al confessionale, perché è davvero impossibile non scambiare qualche parola, che spesso diventa un torrente di confidenze, quando di mezzo c'è un contatto fisico prolungato. La fisioterapista, Sonia, mi stava allungando i muscoli dell'anca, mentre io disegnavo mentalmente cerchi nell'aria con la punta del piede, come quando da giovane facevo danza, e le ero grata di consentirmi quell'evasione silenziosa. Sonia aveva capito che non sentivo la necessità di raccontare, quel giorno, e nemmeno di accogliere i suoi racconti, che in genere vertevano sulla famiglia e i suoi due figli piccoli, che non le lasciavano tempo per niente, a parte il lavoro.

Fuori pioveva forte e di rovescio sui vetri. Dall'altra parte delle tendine però crescevano le risate e tra le due voci ce n'era una che s'imponeva: di donna, argentina anche nei bassi, piena di scarti e risalite, come acqua che attraversi i coralli. Parlavano di modelle, forse, e a un certo punto solo delle gambe di Kate Moss, con sfoggio di confronti, comparazioni e disquisizioni sulla piattezza della rotula del ginocchio e su come i muscoli intorno potessero conservarsi tonici, dopo una certa età. Figurarsi. Come minimo la proprietaria della bella voce era paralizzata da una lesione spinale o da un ictus. Magari le era toccata una malattia del midollo o un'emiparesi con pochi anche se permanenti strascichi, una mano immobile e gonfia, un piede da tirarsi dietro, lacune di coordinamento motorio. In ogni caso se era lí qualcosa doveva esserle stato manomesso, e allora perché dissipare tante corde vocali per Kate Moss, quel corpo conosciuto in tutto il mondo come esempio di seduzione? Non c'era invidia, però, e nemmeno risentimento, solo un entusiasmo furioso per un corpo, o meglio, per l'immagine di un corpo. Una mistica dell'idea di perfezione che può transitare in un paio di gambe: come si collegano al bacino, come finiscono in caviglie e piedi, e irradiano salute, forza, bellezza. Certo, anche la faccia contribuiva, ma tutto si concentrava nelle gambe, secondo la donna che parlava. D'altronde Madame de Staël aveva detto di avere il volto nelle braccia – pare avesse braccia bellissime, candide e sode – perché l'espressività uno la mette dove può. Anche l'anima, aggiunse.

La *a* finale di anima mi rimbalzò sul ginocchio, o forse sull'anca, sentii lo stesso rumore cavo che tanto mi aveva impressionato la prima volta. Non si preoccupi, mi aveva rassicurato il Dottor G, le sue ossa rimbomberanno ancora un po' mentre si abitua alla lassità, poi subentrerà l'osteoporosi e non suoneranno piú.

La voce di quella donna le aveva fatte risuonare dopo tanto tempo. Dominavo a stento la curiosità di sapere a chi appartenesse la voce che parlava di un'utopia per l'umanità che solo la stoltezza impediva di realizzare: gambe meravigliose per tutti, subito. Le sue parole erano canto e marcia. Un'irruzione sconsiderata di desiderio che sovrastava gli schiaffi della pioggia sui vetri e i borbottii afasici dell'anziano signore alla mia sinistra, affogato nel catarro e nella voglia di essere lasciato in pace, come molti lí dentro. Volevo vederla, la donna che stava nel cubicolo di fianco al mio e non smetteva di parlare, come se stesse resuscitando i morti uno a uno.

Era una cosa che mi capitava di rado. Non avevo mai amato lo spirito di categoria, la solidarietà imposta dalla condizione, neanche ci si dovesse trovare simpatici fra individui con un problema simile, neanche ci si trovasse simpatici fra biondi, mori o laureati. Avevo anche una certa paura: un conto era sentire scorrere la sedia a rotelle sotto di me, vivere le lunghe stasi del mio corpo dall'interno, un altro era vederle speculari, oggettivate e per questo ancora piú dolorose. Dovermi dire: io sono cosí, come lei.

La mia ora di trattamento era finita, cominciai a prepararmi per uscire recuperando le scarpe e la maglia, appoggiate su una sedia di fianco al lettino ortopedico. Dall'altra parte si accingevano alla stessa operazione, captai una voce che non era quella della donna, ma della sua fisioterapista, e diceva: vuoi che ti aiuti?

Sotto la tenda, che non arrivava a terra, vidi passare una gamba artificiale, con il piede, fino al polpaccio e alla coscia, di un materiale rigido, forse plastica, e l'imbocco con una fascia morbida di silicone, del solito color carne. Mi bloccai. Mi venne fuori una linguaccia di bambina che crede di non essere vista. Mi ribellavo ancora. Avrei voluto afferrarla e scaraventarla lontano, insieme alle carrozzine e alle stampelle di cui era piena la palestra. Che liberazione.

Non volevo piú vederla ma, nel momento in cui sollevai la tenda per uscire, venne scostata con forza anche quella del cubicolo vicino e la voce piena di bassi e di alti disse che aveva bisogno di piú luce, che lí dentro era un mortorio, e scoppiò a ridere. Cosí me la ritrovai davanti per la prima volta, la donna senza una gamba e con l'altra paralizzata, e con la voce che rideva, producendo il suono di tante tazzine da caffè che tintinnano su un vassoio. Vedendomi disse: finalmente qualcuno che abbassa l'età media qua dentro.

Puntò verso di me la protesi, poi la girò rapida per infilarla sul moncone con un colpo netto che mi fece sussultare. Annuii e risposi ciao. Potevamo essere coetanee, anno piú anno meno. La studiai nei lineamenti, probabilmente lei era piú giovane. Se uno deve stare all'inferno, che almeno possa accompagnarsi a quelli della sua età, pensai, come se anche l'età potesse funzionare da elemento di divisione e raggruppamento non meno dei peccati. Al culmine della furia punitiva che aveva eccitato la fede nel Medioevo c'era una forma di pietà elementare, il simile col proprio simile, o una ferocia senza scampo: non vedrai mai altro che l'immagine di te stesso, della tua bruttura, della tua offesa al Creato, per l'eternità. Eppure la donna che avevo di fronte non ispirava nessuna bruttura.

Portava le mie stesse scarpe, ballerine morbide scamosciate, grigie le mie, nere le sue. Si chiamava come quell'altra che avevo conosciuto in piscina anni prima, o forse erano la stessa persona, anche se non ricordavo la protesi alla gamba, o quando l'avevo incontrata non la portava, comunque di sicuro era senza una gamba o forse le mancavano entrambe, ma allora non era la stessa persona. Possibile che non rammentassi con piú precisione?

Si era sistemata in fretta – anzi, per usare le sue parole, si era ricomposta – e mi aveva invitato a prendere un caffè, dipanando un chiacchiericcio ininterrotto fino all'ascensore. Quanti anni avevo, da quanto tempo ero in sedia a rotelle, se era stata una malattia o un incidente, se era la prima volta che venivo nella palestra riabilitativa di quell'ospedale e se ne conoscevo altre. Le diedi risposte asciutte, senza il coraggio di farle, a mia volta, le stesse domande, di chiederle del suo passato e indagare la ragione della sua forza, perché la forza quando la incontri la riconosci, e lei ne aveva moltissima.

Mentre io, ancorata alla sedia, mi sentivo come le statue egiziane, una successione di tre angoli retti, un'astrazione, lei bucava lo spazio in tutte le direzioni, faceva scomparire il ferro l'alluminio e il carbonio della carrozzina. Scorreva veloce. Con il ticchettio ritmico degli anelli alle dita che sbattevano sui cerchi metallici delle ruote, macinò lo spazio fino alla porta dell'ascensore, senza smettere di parlare e gesticolare. Dentro l'abitacolo, che era stretto, mentre sistemavo i piedi sul predellino, sfiorai il simulacro della sua gamba perduta e sentii il vuoto della plastica. Mi vergognai di quel contatto furtivo, poi pensai che Giovanna non lo avesse percepito. Quando risollevai lo sguardo, lei disse: sai le cose che si sentono dire sull'arto fantasma? È tutto vero. La mia gamba è sempre lí, anche se non posso toccarla e vederla, è come un fascio di vibrazioni elettriche. A volte la sento piegata, a volte in movimento e vorrei fermarla. Dicono che o s'impara a vivere in mezzo ai fantasmi o s'impazzisce, specialmente quando il fantasma sei tu, un pezzo di te.

Nel rinculo dell'atterraggio, all'aprirsi della porta, ebbi paura, non solo per quello che mi aveva appena detto, che era cosí vero, ma anche perché mi era apparso il demone con cui tante volte avevo lottato quando mi svegliavo a causa del rumore del carrello dei medicinali nella stanza dell'unità spinale, a notte fonda, e la certezza di non poter piú camminare si riappropriava di me. Piú ancora del non camminare era l'essere dentro quel corpo diventato estraneo e ingovernabile a terrorizzarmi, e il demone era lí, accucciato nei meandri del corpo perduto.

Dissi: l'apparenza non è niente. E mi sentii stupida.

Qui non si trattava di apparenza. Cosa succedeva a lei, quando si stropicciava la stoffa del vestito sulla gamba che non c'era, e per chi compiva quel gesto, per una se stessa che non esisteva piú o che compiendolo tornava a esistere? Erano domande che non mi azzardavo a fare.

Le chiesi allora delle gambe di Kate Moss, volevo aggrapparmi all'incantamento della sua voce, volevo sentirla parlare ancora di gambe strette e affusolate. Gambe lucide e morbide. Gambe dritte e falcanti. Gambe che corrono e saltano. Gambe che te le sogni anche di notte. Gambe che si aprono e si chiudono quando devono. Gambe che ti portano dove vogliono. Gambe che tiri su, contro la testiera del letto, di sera, per riposarti. Gambe che fai saltellare sui gradini. Gambe da rotolarsi sui prati. Gambe da stringere il bacino di un uomo. Gambe che danzano anche da ferme. Gambe che piegandosi fanno crac col ginocchio, ma è solo l'aria dentro le ossa. Gambe che sforbici davanti a te, stesa a terra, per tirare gli addominali, cosí capisci che sei un pezzo intero e indivisibile, non un assemblaggio di parti. Gambe che calcando sui talloni mordono la terra, come i denti mordono il pane. Gambe che si muovono prima che si muova la testa. Gambe che prima di imparare a camminare hanno imparato a scalciare. Gambe che d'inverno puoi coprire di collant colorati come frutti. Gambe che tremano all'altezza del ginocchio, perché il cuore trema. Gambe che accumulano acido lattico e diventano rigide come sassi, se corri senza essere allenata. Gambe che se non hai voglia di chinarti a raccogliere con la mano una biro caduta dalla scrivania puoi farlo con il piede, fra alluce e illice. Gambe che diventano leggere quando sono massaggiate. Gambe che comunicano la bellezza.

Potevano anche non farlo, potevano solo reggere il peso e consentire gli spostamenti. Invece anche lí, nelle gambe, inspiegabilmente noi cerchiamo e troviamo la bellezza.

Giovanna, senza saperlo, aveva aperto questi pensieri e il desiderio antico che li legava, ma come doveva essere complicata la sua vita, quante mediazioni aveva dovuto attraversare per poter evocare nella voce l'ardore, lo struggimento e la cancellazione, perché era come se la sua voce cancellasse sempre qualcosa a ogni frase che finiva.

Entrammo appaiate nel bar dell'ospedale e ci dirigemmo verso il bancone, che era altissimo, arrivava al petto di una persona in piedi. Giovanna disse alla barista, parlando apposta forte, che tanto valeva farlo piú alto ancora, quel piano, cosí avremmo potuto infilarci sotto, io e lei.

Fissavo con vacua intensità l'espositore al mio fianco che conteneva scatole di baci Perugina, mazzi di fiori finti i cui petali erano cioccolatini, maialini di pezza con il ventre pieno di caramelle.

La barista fece una smorfia che era un mezzo assenso, poi spallucce, perché si capiva che non era lei la proprietaria, e di adeguato lí dentro non c'era mai veramente niente, nemmeno i bagni. Bevemmo il caffè senza poter appoggiare la tazzina se non alla fine, sollevandola sopra le nostre teste.

Giovanna mi disse che faceva parte di una consulta comunale per l'abbattimento delle barriere e che ogni mese andava a riunioni noiosissime in cui – dovevo crederle – c'era gente messa peggio di noi. Però ogni tanto si riusciva a ottenere qualcosa, con molta pazienza.

Provai a immaginare uno di quegli anonimi stanzoni del Comune in cui venivano indetti gli incontri fra amministrazione e cittadini. A tenermi lontana da posti del genere era sempre stata la resistenza proprio nei confronti dei miei simili, figuriamoci nei confronti di quelli messi peggio.

La resistenza non è altro che paura, e non passa mai del tutto, nemmeno quando ti tocca di persona. Ognuno conosce solo la particolarità della propria condizione e ha mediamente poca voglia di capire quella altrui, inutile farsi illusioni.

In natura io sarei morta, Giovanna sarebbe morta, anche solo cent'anni fa, anche solo a una latitudine piú vicina all'equatore. Il corpo è riottoso agli innesti, alla manipolazione tecnologica. Lasciate fare alle molecole di carbonio e troveranno la loro via, alle lucertole ricresce la coda, se spezzata, agli umani non ricrescono il midollo né le gambe. Ma eravamo nate nella parte piú ricca del pianeta, la scienza aveva gareggiato con la natura, ci aveva tenute in vita, perché la modernità può rimandare la morte, con i soldi e con la ricerca medica. Restavamo comunque condannate, non dalla biologia, che ci avrebbe placidamente riassorbito in sé, ma dalla cultura di homo sapiens che è protesi, e aliena, e nell'alienare il piú delle volte non riconosce se stessa: non avevo appena tirato fuori, proprio io, una linguaccia schifata davanti alla sua gamba artificiale?

Non c'era dunque da stupirsi degli sguardi della gente intorno a noi, mentre attraversavamo la hall dell'ospedale e io avevo quasi fretta di un congedo perché quel nostro procedere affiancate mi faceva sentire dentro la categoria da cui ero sempre voluta scappare. Da cui tutti volevano scappare, per paura, anche chi ne è fuori e chiude gli occhi o li abbassa davanti a ogni storpiatura, a seconda dell'umore e dell'educazione ricevuta, reprimendo l'impulso di sorridere ebete, segnarsi o fare una linguaccia e girarsi dall'altra parte, come feci io quella volta, io che da un bel pezzo non sapevo cosa volesse dire essere sana, ma non mi rassegnavo alla vita posticcia, rieducata, contenuta, cateterizzata, perimetrata, adeguata, facilitata, riservata, compatita, ignorata.

Ti capita spesso di sprofondare cosí nei tuoi pensieri?, mi chiese Giovanna. Poi aggiunse: ti andrebbe di venire con me la prossima volta?, mentre continuavo a fissare i maialini di pezza ripieni di cioccolato, sentendo sulle labbra l'aroma del caffè. Incastrata e vigliacca, mi girai verso il bancone del bar in cerca di una possibile risposta. Rischiavo cosí poco ad accettare, eppure non ero sicura di voler conoscere di piú, o magari sí, ma una specie di prudenza mi tratteneva, o forse era solo la solita forma di difesa. Cosí mi ritrovai a dire: ho una bambina piccola. Come se quella fosse una giustificazione, una scusa o il segreto cuore della mia vita che poteva assolvermi, che di certo mi assolveva davanti a me stessa. Lo scudo contro tutto quello che di terribile mi portavo dietro. Giovanna disse che le avrebbe fatto piacere conoscerla, come se la nostra fosse un'amicizia avviata e avessimo già programmato incontri e uscite insieme, come si fa tra persone che vogliono condividere il tempo, mentre a me sembrava che l'unica cosa certa che condividevamo già, senza averlo voluto, fosse un dolore di cui nessuna delle due aveva voglia di parlare. Ma Giovanna riuscí a stupirmi di nuovo, pagò e prese un tovagliolo di carta per asciugarsi l'angolo della bocca dove erano rimasti granelli di zucchero insieme all'alone del caffè, poi estrasse dalla borsetta un portacipria con lo specchietto, si diede una spolverata fra naso e labbra, si ripassò il rossetto prendendosi tutto il tempo e la cura necessari, mentre io la osservavo, e come se gli altri clienti del bar neppure esistessero. Dopo la vidi attraversare la hall dell'ospedale a grandi e sinuosi passi che sollevavano piccoli semicerchi intorno alle caviglie, vibrazioni che mantenevano un'energica distanza da chi la guardava. Camminava come un felino, tracciando un perfetto cat-walk che lasciò tutti sbalorditi: me, il giornalaio davanti al caffè, la barista, gli altri avventori. Camminava avendo davanti a sé una linea retta che seguiva con precisione, niente poteva distoglierla. Il suo, piú che camminare, era un incedere.

Sono sicura che avesse detto ci rivediamo da queste parti, magari domani. D'altronde sono sicura anche che lei, quella camminata, l'abbia fatta per davvero, un piede dietro l'altro, su scarpe eleganti col tacco alto, i lunghi capelli castani raccolti nella treccia che oscillava sulla schiena, i jeans che le fasciavano le gambe e il sedere tonico.

Invece, per forza, l'ho immaginato. La cosa piú probabile è che fossimo uscite di lí, fianco a fianco, otto ruote in tutto ma, per quanto mi concentri, non lo ricordo.

Ricordo invece il mio sentirmi tutt'uno con il linoleum a bolle dell'ospedale, calpestato e smangiato, e pure col cemento nerofumo del muro esterno, in cui si aprivano crepe infestate di erba e cicche di sigarette, acqua che scendeva dalla grondaia e arrugginiva il muro. Tutte queste cose in cui dissolversi, senza pretese, nell'ordinario fango del vivere. Perché l'unica immaginazione che mi era rimasta era quella spropositata di rinascere da un mucchietto di creta molle, di nuovo sana, ma per farlo bisognava come minimo essere morti. Mentre Giovanna, da viva, mi aveva appena regalato la sua immaginazione, e ci viveva dentro come in una bolla infrangibile. Solcava agile e morbida le schifezze su cui gli altri camminavano, come un animale dal pelo morbido e gli artigli affilati.

Fu allora, credo, che la battezzai la Donnagatto.

A casa, dopo la palestra, sentivo sempre il bisogno di lavarmi, anche se non avevo sudato affatto. Erano il contatto di mani altrui che avevano manipolato i miei arti e l'aria cosí satura di respiri malati a impormelo.

Spostare venticinque o trenta chili di gambe, e sedere, da un piano all'altro, per fare la doccia. Traslare dalla sedia alla ribaltina sospesa. Allontanare di poco la sedia a rotelle dal piatto. Trovare il punto di equilibrio. Tenere a portata di mano sapone e shampoo. Aprire l'acqua. Confondere finalmente le parti del corpo che sentono con quelle che non sentono. Breve impressione di unità. Desiderio di indugiare a lungo sotto un getto di acqua calda, di essere imbalsamata dall'unguento che mi ripulirà di tutti i danni le necrosi gli sfregi, fino a quando le mie vene saranno intrecciate e splendenti come coralli marini, il mio cuore, cavo e svuotato, sarà piú leggero di una piuma, e allora sí, sarò pronta per l'eternità. Sotto il getto d'acqua calda potrei anche dimenticarmi che non cammino.

Chissà se anche per la Donnagatto era cosí, perché già a qualche ora di distanza non la ricordavo piú seduta e senza una gamba, ma volteggiante, nessuna traccia della fatica di ricomporre e integrare la memoria del corpo che era stato con quello che era diventato. Era come se la Donnagatto potesse ignorare lo stato che rendeva i suoi arti e metà del busto poco piú che una medusa, ostaggio dell'inerzia degli sfinteri, della lassità articolare, di metà destre sudoranti e metà sinistre raggelate, di un nero brulichio che marciava dalla pianta dei piedi ai polpacci inerpicandosi fino all'inguine, perché questo è quello che accade quando il sistema nervoso si scollega.

Mentre ero sotto l'acqua potevo confondermi ancora con gli antenati pesci e anfibi che non avevano avuto la necessità di camminare, ma girata la manopola della doccia ritornavo a terra, senza poterci appoggiare i piedi. Che razza di scherzo. Come faceva la Donnagatto a sottrarsi a quello scherzo?

I miei piedi – osservavo asciugandoli – erano tornati teneri, lisci, senza quel cuscinetto muscoloso sul collo che avevo avuto negli anni della danza, la pelle era chiazzata sui talloni e sulle nocche dalle cicatrici che i decubiti ospedalieri avevano lasciato. Alla Donnagatto mancavano un piede e un polpaccio, in cambio roba posticcia. Eppure lei, nella mia testa, camminava.

Il giorno seguente cercai di arrivare al parcheggio un po' prima. Se la Donnagatto aveva i miei stessi orari di terapia, anticipandola avrei potuto avere un piccolo vantaggio. Mi sentivo l'adolescente che si nasconde dietro la siepe per vedere uscire da scuola il ragazzino che al momento le interessa. Volevo capire chi fosse.

Nella luminosità fredda di quella giornata di febbraio, il cartellone pubblicitario con Kate Moss mi sovrastava. Lei stava di spalle, a torso nudo, indosso solo i jeans, il volto appena girato. La sommità rotonda del suo zigomo destro si sdoppiava, piú in basso, nei dossi perfetti delle natiche, a legarle in una curva ellittica la spina inarcata, dove si potevano contare le vertebre, la peluria sottile. Un'immagine pensata per appiccicarsi a chi la guardava. Molte donne l'avrebbero invidiata: quelle grasse, quelle con le gambe tozze, quelle col sedere largo e piatto, quelle senza punto vita, quelle con le caviglie a colonna, quelle con la scoliosi o le spalle a bottiglia, ma pure quelle belle e con poca stima di sé, o poca immaginazione. Un rimedio c'era, e sembrava facile: bastava comprarsi un paio di jeans di quella marca per assomigliare all'arabesco perfetto che si disegnava sulla modella. Chiunque poteva farlo. Chiunque, tranne me, e tutte le donne come me e Giovanna. Mi sarei accontentata di gambe brutte – le mie erano state belle, anche se non troppo lunghe – e di un sedere amorfo, avendone avuto uno sodo, pur di essere ancora in piedi, camminante?

Metti caso avessi potuto recuperare la stazione eretta e il movimento, nel giro di poco tempo avrei voluto anche belle gambe e un bel sedere e poco importava che potessi averli per davvero, due gambe e un sedere canonicamente belli. Li avrei comunque desiderati, pensati, immaginati. Non c'era nessuna ragione per smettere di desiderare la bellezza. La Donnagatto desiderava ancora moltissimo, secondo me.

Io forse no, avevo sperperato il desiderio, dissipato le illusioni. Ero stanca, con una figlia piccola e un compagno ancora giovane. Non avevo capito quanta rabbia mi potevo permettere, ma mi ero imposta un'economia.

La Donnagatto arrivò poco dopo e parcheggiò a qualche metro dal punto in cui mi aveva lasciata il taxi. La spiai mentre faceva passare la sedia a rotelle, collocata nel posto del passeggero, sopra di sé. Abbassò lo schienale per poi raccogliere le ruote dal sedile posteriore e infilarle nei perni. Un'operazione che richiedeva forza nelle braccia e una certa destrezza nel far girare la carrozzina, senza allontanarla troppo, rimanendo ferma sul sedile dell'auto.

Quando la sedia fu del tutto rimontata ci saltò sopra, aggiustandosi in fretta le gambe, soprattutto quella posticcia, che era la meno duttile ai movimenti. Indossava jeans, un giubbotto scuro, i capelli raccolti e una faccia da zingara. Vedendomi si sbracciò in saluti e quando mi fu accanto, indovinando la mia ammirazione e invidia per la rapidità con cui aveva eseguito il passaggio, chiese: non guidi? Le dissi che avevo un'auto, coi comandi manuali e tutto, ma non riuscivo ancora a spostare la sedia a rotelle da sola. La Donnagatto controllò l'orologio e disse: abbiamo tempo, vieni che t'insegno. Aprí la portiera con il comando a distanza e mi disse: sali. Quello era facile, sapevo farlo e anche con una certa disinvoltura, afferrandomi alla parte esterna della portiera e al sedile. La parte difficile veniva nel traslocare la carrozzina. Mi chinai per staccare una ruota e subito lei mi disse che dovevo prima legarmi con la cintura, se volevo sentirmi protetta nei movimenti.

Abbassa il sedile, cosí hai piú spazio davanti a te. Fai scivolare le ruote dietro l'altro sedile. Quando è smontata, la sollevi facendo attenzione che le ruotine anteriori non ti arrivino in faccia e la appoggi sul sedile di fianco al tuo. Non è difficile. Ma lo fai, un po' di sport? Vai mai a nuotare? Perché guarda che bisogna avere le braccia potenti. Anche se è in gran parte questione di pratica. E non ci mettere tutto quell'impegno, basta meno.

Sudavo, io che avevo sempre freddo, ero finalmente avvolta dal calore prodotto dal mio corpo. Una ruota mi sfuggí, troppo lontano perché potessi recuperarla, la riprese lei e io dovetti ripetere tutto da capo. Cercavo di compiere gli stessi movimenti che avevo visto eseguire da lei, come quando molti anni prima imitavo i gesti della piú brava nella classe di danza. Al terzo tentativo la carrozzina era al suo posto, e io quasi mi vergognavo di essere soddisfatta.

Mi addossai al sedile e nella condensa della schiena contro la lana della maglia, contro la fodera della giacca, contro la pelle e, sotto, contro le placche di titanio, sentii una specie di pace. Di piú: era quasi una felicità, delle mani, delle ruote, dei piedi inerti.

Dovevo arrivare io a insegnarti, guarda un po', mi disse la Donnagatto con la sua voce mutevole nel rimproverare e blandirmi.

Guardai verso il cartellone pubblicitario, adesso mi sentivo un po' piú vicina alla spavalda indifferenza di Kate Moss.

La Donnagatto mi disse, di punto in bianco, che collezionava biografie di ballerini. Le chiesi se avesse mai praticato la danza classica o moderna e mi rispose di no, che aveva ballato in maniera distratta e svogliata o concitata e frenetica nelle solite occasioni in cui lo si fa, alle feste, in qualche discoteca e in vacanza. La passione per i corpi dei ballerini le era venuta dopo. Io, invece, di danza ne avevo fatta tanta e mi mancava. A dire il vero mi accorgevo di quanto mi fosse mancata proprio in quel momento, mentre ne parlavamo, perché da tempo evitavo di pensarci. Se non puoi camminare, è ridicolo pensare di danzare. Ma la Donnagatto non sembrava temere questo ridicolo. Mi chiese cosa mi mancasse di piú. Pronunciai le parole *relevé*, *rond des jambe*, *chassé* inghiottendo il sapore di mirtilli panna e sudore bambino che facevano colare, mi morsi le labbra. Potevo mostrarle cosa intendevo. Misi i freni alla carrozzina e prendendo con entrambe le mani la gamba destra, la sollevai di poco dal predellino e la guidai, mano destra sotto il ginocchio, mano sinistra sul piede a compiere una rotazione verso l'interno e poi in senso contrario all'esterno. In teoria a terra si doveva disegnare un otto. Esausta per questa manovra da burattinaio, posai sul predellino la gamba e il piede calzato in uno stivaletto nero e la guardai per vedere se aveva capito. Erano anni che non eseguivo quei movimenti, che erano ancora vivi nella mia testa, ma mimarli era come stravolgerli. La gente che ci passava accanto lanciava occhiate di sbieco, come fossimo due pazze.

La Donnagatto invece era rimasta concentrata sovrapponendo la mia goffa evocazione a qualcosa che aveva visto eseguire in modo perfetto, annuí dicendo che aveva capito, e citò un passaggio della *Petite Mort* di Jiří Kylián e uno dell'*Après-midi d'un faune* danzato da Nureyev. Alcuni balletti li aveva visti a teatro, di altri aveva guardato piú di una versione registrata e messa in rete. Si era perfino studiata dei video tutorial in cui s'insegnava a rendere meno dure le scarpette da punta, bagnandole. Senza averne mai indossata una, sapeva di che materiale erano fatte, con quali accorgimenti andavano calzate e che il silicone ormai aveva sostituito le fasciature in cotone idrofilo per proteggere le dita dei piedi e le nocche. Aveva anche una collezione di fotografie di ballerini, comprate nei teatri e dovunque capitasse. Mi sarebbe piaciuta moltissimo.

Vieni a vederla, un giorno, propose, accendendosi una sigaretta nonostante fossimo in ritardo e già arrivate davanti alle fotocellule della porta a vetri della palestra. Si confuse in alcune vigorose boccate di fumo, e mi domandai ancora cosa sentisse, lei, all'estremità di quell'arto che le mancava, lí dove le vene erano state recise e la pelle ricucita, lí dove non c'era sfogo ma tamponatura, come ci viaggiava la nicotina che, nelle mie gambe ad esempio, s'intasava subito in un gorgoglio insopportabile, nonostante avessi amato a suo tempo il lieve stordimento delle sigarette.

Guarda un po', disse, gettò il mozzicone e lo spense con un'impennata della ruota davanti, meglio di un colpo di tacco, poi lo raccolse e educatamente lo fece scivolare nel bidone. Impennò ancora, e fece mezzo giro su se stessa, una manovra che solo a vederla mi fece trasalire. Poi, appaiate, otto ruote e tre gambe appoggiate, attraversammo la hall dell'ospedale fino agli ascensori, posti in fondo, non lontano dalla mensa del personale dalla quale arrivava odore di pasta stracotta, cavolfiore e pesce. Sul linoleum davanti agli ascensori c'erano chiazze di caffè rovesciato e batuffoli di cotone sporchi di sangue che la Donnagatto mi fece scansare, con premura.

In ascensore, sapendo che il tempo era poco e che forse al secondo piano sarebbe salito qualcun altro a rompere la nostra intimità, le chiesi da quanti anni fosse in sedia a rotelle. Da sempre, mi rispose ridendo, io sono nata in sedia a rotelle, ma vedendo che ci rimanevo male, si corresse: da cinque anni.

Non c'era altro, non il piacere amarognolo di denudarsi che si prova a raccontare le proprie disgrazie, spesso nelle sale d'aspetto mediche, sempre poi negli ospedali; per lei la faccenda finiva lí, era chiaro.

Arrivate al piano della palestra, mentre ci dirigevamo verso l'interno mi decisi a chiederle se anche lei avesse una famiglia e che lavoro facesse. Scosse la testa, come se si aspettasse la domanda e un po' anche la disprezzasse. Disse: ho un fidanzato, anzi piú di uno, e faccio la telefonista. Nel dirlo, affinché non ci sentissero – eravamo già dentro la palestra, circondate da pazienti e fisioterapiste – abbassò la voce fino a schiacciarla in un sussurro, che era pur sempre melodico, perché la sua voce non perdeva mai le note. Ci separammo e lei andò a cercare la sua fisioterapista in un cubicolo lontano dal mio.

Sonia era in ritardo, quindi sistemai da sola il lenzuolo pulito sul letto ortopedico, mi tolsi gli stivaletti e il piumino, mi stesi ad aspettarla. Arrivò con le mani gelate, veniva da fuori, da un altro reparto, e mentre si scusava posandomele sul collo per allungarlo – quel giorno avremmo cominciato da lí – io nelle orecchie conservavo il caldo di una confessione che forse era solo la smargiassata di una mitomane in sedia a rotelle, senza una gamba, che collezionava foto di ballerini e conosceva gli scritti di Madame de Staël.

Ho un fidanzato, anzi piú di uno.

Ma certo, pensai, con tutto quel fascino, mentre io probabilmente non sarei riuscita ad avere un fidanzato né un compagno se non l'avessi già avuto da prima dell'incidente, affogata com'ero nel mio terrore.

Stesa su un fianco, guardavo il lettino vuoto davanti a me, Sonia mi aveva appena detto che l'anziano con il respiro affannoso era morto la notte precedente per una complicazione polmonare.

Farò anch'io quella fine, dissi. Sonia mi strattonò: dovresti vivere con un po' piú di fantasia, visto che vuoi fare la scrittrice.

Non vedevo nessuna fantasia nella mia vita, solo una strenua ricerca di normalità. Avevo ripreso a lavorare appena possibile, cercavo di abituare mia figlia alla diversità e alla fatica delle ruote facendole credere che magari un giorno, grazie ai progressi della scienza, avrei ripreso a camminare, avevo un compagno amorevole e degli amici.

Che diritto aveva Sonia di rampognarmi? M'infastidii per quello che aveva detto e per il silenzio successivo, le dissi che avevo voglia di rivedere un balletto con Rudolf Nureyev e che appena tornata a casa me ne sarei cercata uno. Lo sapeva lei che Nureyev era stato ossessionato dai propri polpacci? Li trovava corti rispetto alle cosce, faceva dannare i costumisti per avere tute e vestiti di scena che correggessero quello che lui riteneva un difetto e che, in verità, nemmeno si notava, quando si slanciava in salti e diagonali che tagliavano il palcoscenico, potenti come cavi d'acciaio.

Sonia si fermò con il mio braccio in estensione e un'aria interrogativa. Non sapeva di che stessi parlando. Era troppo giovane per conoscere Nureyev. Per lei uno degli uomini piú fotografati e amati, tanto da diventare un'icona del XX secolo, almeno quanto lo erano stati Elvis Presley e Maria Callas, non era nessuno, avvolto nella sua tomba a forma di tappeto kilim in tessere di mosaico nel cimitero russo di Sainte-Geneviève-des-Bois, fuori Parigi, dove le raccontai che aveva voluto essere sepolto.

Dovresti conoscerlo anche tu. Dovresti guardarlo danzare, o anche solo guardare il suo corpo. C'è tutto da imparare. Era la perfezione, la forza e la grazia, dissi a Sonia.

Ma lei non aveva certo bisogno di una lezione di anatomia. Era precisa nelle manovre e preparata sulla teoria, aveva mani che sapevano rilassare, guidare muscoli e nervi, possedeva l'esperienza che le consentiva di capire come ripristinare l'equilibrio tra i tessuti muscolari, ossei, nervosi. Aveva quella dose sempre rinnovabile, paziente dopo paziente, disagio dopo disagio, di comprensione attenta che assomigliava all'amore. Molte delle fisioterapiste ne sembravano dotate e rendevano tollerabile lo sfacelo fisico e spesso pure mentale che si presentava sotto le loro mani. Ma non mi bastava. Volevo di nuovo l'incanto della forza e della grazia, mi rodevo di nostalgia. Dopo avere conosciuto la Donnagatto ero disposta ad ammetterlo.

Sonia intanto premeva con piú decisione, lei era lí per far qualcosa, quello che era ancora possibile, non per inseguire quello che non c'era piú. E coi corpi si poteva sempre fare qualcosa, finché erano in vita. Questa era la sua filosofia.

Prima di andarsene mi chiese di scriverle su un foglietto il nome del ballerino di cui le avevo tanto parlato. Ero sicura che avrebbe cercato qualcosa su di lui in rete e avrebbe ripreso il discorso, la volta successiva.

Alle due del pomeriggio la palestra era quasi vuota, a parte un'inserviente che puliva. I pazienti erano stati riportati nei rispettivi reparti, il personale era andato a pranzo alla mensa. Della Donnagatto nessuna traccia, doveva aver finito prima di me. Nella hall l'odore di caffè tostato aveva sommerso quello di cavolfiore. Fuori l'aria di febbraio pungeva di freddo, vento e luce. Mi caddero i guanti a terra. Mi chinai a recuperarli con slancio. Rialzarsi con un colpo avventato e troppo veloce, perdere l'equilibrio, provare un capogiro che si ripete e crea un piccolo vortice di nausea. Recuperare il controllo, sentire scorrere un paio di gocce di sudore nell'incavo delle ascelle e una fitta dietro, nella schiena. Sentirsi un budino tremante che si riassesta, sudando dentro di sé, nel freddo di sé. Poi tutto a posto, anche il formicolio alla pianta dei piedi e la bolla di caldo improvvisa.

Che cosa credevi, di aver attraversato di corsa il parcheggio, o di avere fatto dieci *pirouettes* di seguito? Non cosí tanto. Mi sarebbe bastato il quieto avanzare delle persone sul marciapiede, un passo dopo l'altro, inconsapevoli dell'immensa libertà di cui godevano, di cui avevo goduto anch'io, un tempo.

Alzai il viso verso il sole, lo zigomo di Kate Moss luccicava, la peluria bionda sul dorso ondeggiava al vento. Chiusi gli occhi e portai le mani sulle guance per assorbire un po' di calore. Ero in orario per andare a prendere mia figlia all'uscita dalla scuola. Chiamai un taxi, pensando che era arrivato il momento di finirla, avrei guidato la mia auto, d'ora in poi.

Nelle settimane successive vidi spesso la Donnagatto. Non sempre gli orari della fisioterapia coincidevano, ma ogni volta che ci incrociavamo, sul linoleum giallo e tirato a lucido della palestra, lei mi veniva incontro festosa. Al di là delle tende che separavano ogni lettino ortopedico dal successivo, trapelavano frammenti di conversazione, l'adagio che conoscevo a memoria delle fisioterapiste, ripetuto come un mantra a ogni nuovo paziente: i nervi portano ai muscoli sia la via sensitiva sia quella motoria. La via sensitiva, come quella motoria, può essere alterata, indebolita o, nelle peggiori lesioni, annullata. Cerchiamo di recuperare quello che si può.

A volte spiccava la voce della Donnagatto e la risata della sua fisioterapista.

Qualche volta ci fermavamo al bar dell'ospedale. Mentre io parlavo lei impennava la sedia molleggiando, ruotando un po' a destra un po' a sinistra, non sapevo mai se avrebbe spiccato il volo o sarebbe precipitata con tutta la ferraglia. Una mattina, era ormai ora di pranzo, ci fermammo a mangiare un panino. Io lamentavo una digestione difficoltosa. Il mio stomaco mandava borbottii di organo compresso, di organo che avrebbe avuto bisogno di essere sollecitato camminando, di essere irrorato da piú sangue, da piú ossigeno e da liquidi che scorressero con maggiore pressione.

È la rabbia, credimi, disse la Donnagatto. Ti si accumula tutta lí, poi scende nel fegato e ti fa diventare malinconica e biliosa, o va verso il cuore e ti viene l'ansia, dipende, aggiunse indicando quei punti sul mio addome.

Obbiettai che sarebbe stato diverso se avessi potuto camminare. Eppure, scommetto che anche prima soffrivi di mal di stomaco, mi disse, molto sicura. Ci mettemmo a parlare di organi interni. La Donnagatto disse che ci pensava spesso, a come eravamo fatti dentro, soprattutto quando andava in piscina e nuotando immaginava i polmoni, i fegati e gli intestini che galleggiavano, separati solo dalla pelle, nella stessa acqua. Si potrebbero pescare con un retino.

A ogni boccone, intanto, sentivo la rabbia e l'infelicità infiltrarsi e depositarsi nelle fasce muscolari striate e in quelle lisce, a ogni contrazione dello stomaco corrispondeva una fitta, una via aperta verso gli anfratti della malinconia.

Poi piú niente, di colpo sparí. La Donnagatto mi aveva invitata a casa sua, ci teneva molto a mostrarmi la sua collezione, ne avevamo già parlato.

Abitava in un quartiere edificato negli anni Trenta del Novecento, dietro l'ospedale universitario, case pensate per il personale ospedaliero, dotate di dignitosi giardinetti, promesse di ombra e salute per ogni unità. Il suo appartamento era composto da tre stanze piú servizi al piano terra, per superare il gradino di ingresso aveva fatto installare una piccola rampa di legno. Dentro c'erano pochi mobili, una libreria che separava la cucina dal soggiorno, un grande divano, e per il resto era come lei me l'aveva piú volte descritto: una specie di museo. Non un centimetro delle pareti era stato lasciato libero da fotografie sovrapposte le une alle altre. Ballerini alla sbarra, al corpo libero, durante gli spettacoli, dentro i camerini, seduti, sdraiati, in spaccata, in volo, nudi o vestiti, nella loro interezza, ma anche dettagli di mani e piedi, scalzi, guantati, calzati, sul parquet di legno, sulla sabbia, sopra l'erba, piedi nodosi e curvi che per anni avevano convissuto con il gesso delle scarpe da punta, piedi con le unghie deformate dalla postura innaturale, braccia e mani leggere come ali di farfalla e spalle squadrate. C'erano primi piani anatomici di muscoli in cui pulsavano tendini e vene in rilievo, ginocchia, polpacci, quadricipiti, trapezi in tensione o rilasciati, colli avvitati, fondoschiena perfetti come la sezione di un mappamondo. Un teatro anatomico dove perdersi in estasi e spavento. Anche le ante del frigo e gli sportelli dell'armadietto in bagno erano sommersi di corpi danzanti. Solo a considerare quanto tempo c'era voluto per selezionare e raccogliere quel materiale mi veniva un capogiro. Pensai allo storico dell'arte Aby Warburg e alla collezione di immagini che lo aveva impegnato tutta la vita e che aveva costruito con accostamenti arditi, spesso incomprensibili. Ma forse la Donnagatto assomigliava di piú a certi ossessivi di cui si scopriva, in genere solo alla morte, che avevano collezionato figurine di calciatori da riempire un garage, trenini elettrici o modellini di velivoli stipando ogni angolo libero di inaccessibili cantine.

Lei era molto soddisfatta dell'effetto che aveva prodotto su di me, e voleva discuterne, mentre io continuavo a spostarmi da un punto all'altro delle pareti in preda a una golosità degli occhi incontenibile. Riconoscevo molte delle ballerine e dei ballerini, ma non tutti. Alcuni scatti li trovavo artefatti, ad esempio il dettaglio di un piede dentro una scarpa da punta di raso nera che danzava su un pavimento cosparso di petali di rosa. Altri erano vere e proprie tavole a partire dalle quali si sarebbe potuta tenere una lezione sul corpo umano. Altri ancora rivelavano la sofferenza fisica che sorregge la danza, il volto di una ballerina appena uscita di scena dietro le quinte: una colata di sudore e rughe.

La Donnagatto si tolse la protesi e la lasciò cadere su una poltrona dicendo che quando era in casa si sentiva piú libera senza. Osservai ancora una volta il marchingegno composto di metallo, silicone e plastica afflosciarsi sui cuscini, poi risollevai la testa verso quelle centinaia di gambe vere e in movimento. Non riuscivo a disincantarmi. La Donnagatto se ne accorse e si mise a parlare dei neuroni specchio: se guardi qualcuno compiere un movimento, mentalmente lo stai compiendo anche tu. Allora, in un certo senso, non perdi quella funzione, rimane viva dentro di te e può perfino darti le stesse emozioni che proveresti compiendola. Un po' come succede con la pornografia, aggiunse, mentre tirava fuori dal frigo due succhi di mirtillo e lo sguardo concentrato di Amedeo Amodio sull'anta si avvicinava, sbattendo contro il muro, a quello torvo di un Béjart giovanissimo.

Chissà se si era studiata le biografie di quella gente prima di appenderne le foto, o se l'aveva fatto solo in base al gesto o alla faccia che le piacevano in quel momento. Ripensai ad Aby Warburg, che aveva sofferto di un rilevante disagio psichico, ma non era stato questo a guidarlo nella costruzione di *Mnemosyne*, il suo atlante di immagini di opere d'arte, bensí una specie di filologia onirica, figlia sicuramente di una perdita, come ogni filologia è. Era la perdita della fiducia antica che nei corpi si manifestassero le passioni dell'animo, ma anche la rinascita, carsica, di questa fiducia: che nei corpi si celebrasse, e consumasse, tutta la vita proprio nell'attimo in cui sembra che trascendano se stessi. Ma se il corpo lo hai perso davvero e per sempre?

Ti tengono compagnia?, le chiesi.

La Donnagatto ponderò la risposta, sorseggiando il succo viola che le tingeva le labbra, poi disse: no, non mi fanno compagnia. Lavorano per me, fanno quello che io non posso piú fare, e cosí mi sembra di poterlo fare ancora, almeno nella mia testa.

E pensare che io avevo gettato le mie scarpe da danza, quelle di pelle e quelle in raso da punta, rimosso le foto dei saggi dalle cornici, cancellato tutto ciò che mi poteva ricollegare a quel mondo. Lei invece no, se ne era circondata, come di una selva di totem, i cuori in argento per grazia ricevuta dei santuari. Io avevo abiurato i miei idoli mentre lei vi si era convertita con l'entusiasmo di una neofita. Sapevo bene cosa c'era dietro quella Sistina di danzatori e danzatrici che innalzava le pareti della sua casa in una spirale maestosa: la sete d'infinito che è nei corpi, quella che io mi ostinavo a dimenticare.

Nei danzatori è una sete che non si spegne mai. La fatica che macera le fibre dei muscoli e le articolazioni, tendendole verso la perfezione effimera del gesto, disincarna i corpi, li filtra da ogni scoria. Giorno dopo giorno i danzatori acquisiscono grammi di infinito, un po' ovunque, dalla testa ai piedi. Avevo coltivato quell'Olimpo da bambina e da giovane donna, me ne erano rimasti piccoli rituali: la maniera in cui disegnavo semicerchi con la punta delle scarpe o accompagnavo le rotazioni del collo all'arco delle braccia. Erano gesti che avevo fatto senza accorgermene. Ma da quando mi ero risvegliata con una schiena sorretta da viti e barre di titanio, non ero piú riuscita a tollerarlo. Avevo bandito quegli dèi festosi che sul sangue nascosto delle nocche dei piedi innalzavano sorrisi al cielo. Eppure, non per questo gli dèi avevano smesso di esistere. Eccoli là.

Li conosci proprio tutti?, mi chiedeva la Donnagatto mentre io commentavo alcune foto.

Poi aprí il portatile che teneva sul tavolo della cucina e richiamò la mia attenzione. Guardammo insieme un video con un sonoro di pessima qualità, in russo con sottotitoli in spagnolo, sui piú importanti ballerini fuggiti dall'ex Unione Sovietica, Michail Baryšnikov e Rudolf Nureyev. Ci perdemmo in una navigazione rabdomantica. Bastava cambiare di poco le parole chiave associate a qualche nome famoso e uscivano i risultati piú disparati, relitti di epoche che portavano tracce di diverse concezioni estetiche, delle mode che avevano trovato espressione in ballerini, gente di spettacolo, coreografie e scenografie che cambiavano. La stessa sequenza di passi disponibile a essere vista e rivista fino a convincerti di averla eseguita col tuo corpo.

È un vizio che mi porto dietro, tuttora. Comincio sempre col dire: ma sí, guardiamo un po' cosa c'è in rete, e finisco per perdermi in ore e ore di navigazione. Ad aumentare la libidine per quel numero spropositato di balletti, prove, performance e interviste è la mescolanza di pubblico e intimo: registrazioni fatte per essere viste da tutti e altre di carattere piú privato, finite comunque nel flusso della rete, nei collegamenti fortuiti che si inanellano come pedine di un gioco di ricomposizione. La disparità casuale di questi materiali produce un effetto di verità cosí forte che nemmeno un biografo pieno di stile saprebbe rendere.

Un video con Sylvie Guillem è capace di farmi sentire la flessuosità delle sue mani e dei suoi piedi per ore. Non solo ci penso e li rivedo, li sento: come se lei potesse entrare nelle mie mani e nei miei piedi. Diana Vishneva mi ipnotizza perché non so nemmeno piú se sia una ballerina o una mutante, in grado di trasformare se stessa in sostanze diverse: meduse, nuvole, cerchi volanti, una fenice che brucia e risorge di continuo. Ho, a dire il vero, un'ossessione per Rudolf Chametovič Nureyev. Passo da lunghe sequenze di assoli, risalenti agli anni Sessanta e Settanta del secolo scorso, alle fotografie d'infanzia color seppia che lo ritraggono con la madre giovane, di cui m'incantano il viso elegante, gli occhi intensi e allungati, il taglio affilato del naso che sarà poi del figlio da adulto. Riascolto le dichiarazioni sbruffone di lui, già ammalato e imbozzolato nella propria leggenda, che dice in inglese: «Non vedo nessuno starmi davanti». In mezzo ci sono le sue coreografie divenute ormai storia, le sue due fondazioni, la linea di profumi e gadget intitolata 23 Quai Voltaire, indirizzo della sua residenza parigina, il tour virtuale della medesima, il giovane amante tedesco la cui importanza nella decisione di scappare dalla Russia è emersa solo di recente, gli insulti lanciati alla sua amica e direttrice della Metropolitan Opera di New York, gli occhi che sorridono, la faccia segnata degli ultimi anni, lui nudo su una moto d'acqua a Li Galli, lui nudo e giovane (sesso magnifico), il taglio sul labbro destro superiore – non ho mai saputo come se lo sia procurato ma è ben visibile su una carta d'identità – i video in cui fatica a reggersi in piedi eppure vuole danzare ancora su un palcoscenico, le mani che volteggiano mentre parla, la mitologia tartara, la passione. La Passione. L'Impudenza e il Narcisismo. La Grazia e il Talento. Il Talento anche nel morire. Sfrenati.

Mi colpí che la Donnagatto avesse appeso sul frigorifero la stampa di una fotografia in cui Nureyev provava insieme al ballerino francese Kader Belarbi il *Prélude à l'après-midi d'un faune*: entrambi inginocchiati, in posizione simmetrica, Kader col vestito di scena, Rudolf magrissimo e già malato, si guardano intensamente. Il maestro cede al piú giovane la parte del fauno, è un passaggio di testimone commovente.

Credi che sia stato suo amante?, mi chiese la Donnagatto. Le risposi che non ne avevo idea, ma che da qualche parte avevo letto dell'insaziabilità sessuale di Nureyev. La Donnagatto sottolineò la mia frase come troppo libresca e un po' rise. Nell'ultima biografia che aveva sfogliato un suo assistente o forse uno dei suoi massaggiatori diceva che in realtà Nureyev voleva fare l'amore solo con se stesso, con il corpo prodigioso in cui viveva. Eppure aveva amato anche altri esseri umani, commentai. Sí, forse solo altri corpi eccezionali che insieme al suo erano entrati in quella gara per la perfezione che assomigliava a una droga. Una droga, o il culto di una religione che come tutte le religioni deve tenere a bada la paura piú grande, le dissi, pensando per la seconda volta che la sua casa assomigliava a un santuario.

Le chiesi come fosse iniziata la sua mania per i danzatori. Mi rispose che era stato il suo primo fisioterapista a trasmettergliela, l'aveva portata fuori a cena e dopo a vedere un balletto di danza contemporanea. Lí aveva capito che in qualche modo sarebbe potuta andare oltre la propria condizione fisica, almeno col pensiero, che poi è quello che fanno le migliaia di tifosi stipate ogni domenica in uno stadio di calcio, piú o meno.

Cosí aveva cominciato a seguire le stagioni del balletto a teatro, e a spostarsi in altre città per vedere coreografie e festival internazionali, a fare attenzione alle scuole e agli stili, ad appassionarsi alle biografie. Con internet le era venuta l'idea delle fotografie. All'inizio aveva stampato e appeso immagini prese dalla rete, ma poco dopo averle appese, a causa della luce naturale o di quella delle lampadine, la carta sbiadiva, l'immagine si sbrindellava. Allora si era rivolta a negozi specializzati e collezionisti di fotografie, scoprendo tutto un giro di fornitori e di fondi di magazzino che risaliva all'epoca predigitale. Dapprima si era interessata solo agli interi, e via via ai dettagli, i piedi, le mani, le schiene. Quando inizi a collezionare lo fai quasi per gioco, in seguito diventa una cosa con una sua logica che ti sfugge quanto piú ti domina. Adesso, comunque, non c'era piú molto spazio per altro, disse indicando con il mento le pareti.

Ci ritrovammo entrambe a fissare la sua protesi sul divano.

La Donnagatto si girò versò di me e disse: quella non serve a niente.

Per un momento il suo volto sempre cosí calmo, con l'occhio destro leggermente piú grande di quello sinistro che le conferiva un'espressione enigmatica e a tratti bella, fu sul punto di crollare, insieme alle centinaia di fotografie appese. Una contrazione violentissima in cui stavano per piovermi addosso bicipiti, quadricipiti, ginocchia, piedi, bocche, orbite spalancate, e per la prima volta, forse l'unica, il suo dolore.

A casa, raccontai al mio compagno quella visita come se avessi vissuto dentro una favola. Ero stordita dalle fotografie che avevo visto, e in qualche modo grata di questo stordimento. Gli descrissi la storia fra Margot Fonteyn e Nureyev, mi dilungai su tutti i particolari che conoscevo della loro amicizia e della loro collaborazione professionale. «One body, one soul», aveva detto di sé e della sua compagna di ballo Rudolf negli anni londinesi, ma poi Margot aveva sposato un diplomatico panamense che era stato ferito in un attentato e aveva vissuto il resto della vita paralizzato, mentre lei per mantenere entrambi aveva continuato a danzare fino a sessant'anni, un'età incredibile per una ballerina. Anche se, a giudicare dai filmati, fino all'ultimo non aveva perso la capacità di portarsi su un palcoscenico e dominarlo, col proprio corpo, non piú giovane ma sempre capace di creare immagini di forza e grazia. Immagini di corpi. Quella cosa evanescente perfetta e irreale in cui gli spettatori potevano identificarsi. Anche la casa della mia nuova amica ne era piena, da non crederci. Mentre sparecchiavamo la tavola dai resti della cena, il mio compagno disse che c'era un sacco di gente che si perdeva dietro vite di atleti, o attori, e conosceva a menadito ogni dettaglio e faceva di tutto per scovarne di nuovi, e che era un'attitudine che superava di gran lunga il gusto per il pettegolezzo mondano, ma assomigliava quasi a un vivere per procura, o a un vivere per immaginazione, non era poi detto che fosse meno vita di quell'altra, nella quale finivi di sparecchiare la tavola e avevi una bambina da mettere a letto. Erano storie, e la gente ha un bisogno costante di storie in cui ritrovarsi o confondersi.

Di sicuro io ne avevo bisogno. Anche adesso, ogni volta che la mia vita mi pare troppo noiosa o faticosa, mi rifugio in quelle figure, sono la mia lanterna magica, raccontano storie che so già, quelle storie grandiose e tragiche che mi attraevano anche da piccola e che, con ogni evidenza, non ho vissuto. Rimescolandole posso ottenerne piccole varianti, sequenze ipnotiche in cui faccio scorrere i miei fantasmi, li vesto con altri abiti, li porto a spasso, concedo loro qualche dubbio. Mi dispiace quando mi tocca constatare che i miei beniamini sono nel frattempo invecchiati o morti, mi rammarico sempre che i loro video finiscano troppo presto, ma sempre benedico il miracolo che fa esistere quei fantasmi almeno dietro lo schermo. E sempre giovani, splendenti, in movimento, e sempre presenti, in quella vita già morta, che però continua per sempre, nei filmati.

Ciò che avevo taciuto al mio compagno, quella sera, per una forma di pudore inspiegabile anche a me stessa, era la zona oscura da cui sentivo che tutto questo si originava. D'altronde, all'epoca, a parte avvertirne la presenza non avrei saputo dire di che cosa si trattasse. Ognuno ha una zona d'ombra, in questo la Donnagatto non differiva dalla maggior parte dei mortali, quel che era singolare è che ci avesse costruito sopra un edificio tanto attraente.

Spesso entrando nella stanza di mia figlia trovavo animaletti di peluche e bambolotti che giacevano allineati sul pavimento, adagiati su cuscini e coperti da pezze di stoffa, una distesa di cadaverini che aspettava di rivelare il suo segreto. Il gioco consisteva proprio nel farli rinascere uno a uno, dandogli un nome, una famiglia, un ruolo.

Era il sistema smontabile e rimontabile dell'infanzia: il mondo Lego, il mondo fattoria degli animali, il mondo dei robottini e delle Barbie a cui si staccano le gambe e si riaggiustano, il mondo in cui ci si fa molto male poi, però, i pezzi tornano al loro posto, ci si alza da una carrozzina e si riprende a camminare come se niente fosse.

Per qualche mese siamo state in compagnia di Tiktaalik, una specie di pesce di plastica con le zampe palmate e la testa piatta. Una creatura preistorica, risalente a 375 milioni d'anni fa. Il corpo schiacciato come un coccodrillo o una lucertola, ma con gli occhi sulla testa anziché ai lati. A noi era arrivata la riproduzione in silicone morbido, verde e marrone, regalata da uno zio che l'aveva portata da una visita al museo di Storia naturale di Chicago. Il nome, Tiktaalik, veniva dal toponimo indio della regione del Canada nord-orientale in cui era stato rinvenuto il fossile. La zona, percorsa milioni di anni fa da grandi fiumi con un ampio letto e profondità variabili, aveva fornito un habitat ideale per la transizione dall'acqua alla terraferma. Stando ai paleontologi questo sarebbe Tiktaalik: un animale di passaggio fra i pesci e i primi tetrapodi che camminavano, le sue pinne avrebbero sviluppato un'articolazione ossea simile a quella del nostro polso, un cranio staccato dal collo, nonché polmoni, insomma le cose fondamentali per uscire dall'acqua, fare i conti con la gravità e il secco. Ma quanto aveva impiegato quest'essere a trasformare le pinne in protozampe? Quante volte uno o mille esemplari di Tiktaalik avevano provato a tirare fuori la testa dall'acqua per respirare, ad appoggiare le pinne morbide al suolo sino a farle irrobustire, a divincolare il movimento del capo dal tronco, e dopo quanti insuccessi si era verificato il coincidere di tutte queste condizioni? Perché non era possibile quantificare e nemmeno immaginare il tempo passato fra la melma delle acque dolci e basse e la conquista dell'aria della Terra? Allo stesso modo non era possibile sapere perché, tra le tante riparazioni possibili – fegati che ricrescevano, cellule olfattive che si rigeneravano, code che pure si duplicavano – non fosse stata predisposta la riparazione del midollo spinale.

Tiktaalik si era attrezzato per uscire da un luogo dove la sua sopravvivenza era minacciata da troppi predatori. Perché io non potevo fare altrettanto, e dovevo invece sperare che le strisce e il segnale che indicavano un posto riservato impedissero a qualche bipede di parcheggiare la sua macchina troppo vicina alla mia impedendomi cosí di avvicinarmi alla portiera? La Donnagatto spostava la carrozzina con un'agilità che faceva pensare fosse una sua propaggine, qualcosa che lei avrebbe prima o poi tramutato in un'estensione retrattile, simile alle ali di uno pterosauro, ma invisibile come un superpotere. Forse era in esemplari come lei che la specie gettava le basi per le sue acrobazie future, la mutazione genetica che di colpo sarebbe venuta fuori.

Avevo cominciato a raccogliere materiale su Oscar Pistorius, m'incuriosiva questo atleta dal perenne sorriso sulla bocca, *nonostante*. M'interessava il rapporto che aveva con le protesi che calzava a entrambe le gambe a partire dal ginocchio, la sua sfida ai normodotati e le reazioni di chiusura del mondo atletico e di parte dell'opinione pubblica. Trovavo davvero singolare che gli si contestasse di essere avvantaggiato dalle protesi nella corsa – lui che partiva da uno svantaggio cosí grande – mentre nel frattempo i corpi occidentali si riempivano progressivamente di silicone, botox e titanio, per sembrare piú giovani, per gonfiare il corredo sessuale – culi, tette, labbra, pettorali e glutei – simulando un'infinita fertilità in una popolazione in declino demografico, ma ostinata a godere il piú possibile, a rimanere per sempre giovane. Ne avevo parlato alla Donnagatto e lei aveva dichiarato di trovarlo fasullo. Non approfondii cosa intendesse. Non le avevo detto, a mia volta, che mi interessava cosí tanto perché in qualche misura le assomigliava.

Dopo un po' di insistenza era riuscita, invece, a trascinarmi a una delle sue famose riunioni. Se volevo capire, anche quella era un'occasione.

– Cosa vede una persona che cammina quando ne incontra una che non cammina piú, o che non ha mai camminato? Un pericolo scampato per sé, qualcosa che in teoria poteva o potrebbe capitarle. Ad esempio, come lei mi sta guardando, non creda che non ci abbia fatto caso. Ci abbiamo fatto caso tutti e due, e il resto di questa sala. Bisogna partire dalla propria paura, prima che dalla propria supposta tolleranza. Se si tollera, vuol dire che comunque ci si considera superiori.

La Donnagatto aveva abbassato il microfono e accavallato la gamba vera su quella finta, indossava un paio di stivali di pelle alti fino al ginocchio che erano in realtà indistinguibili, sotto la calzamaglia nera coprente, e la minigonna pure nera.

Il noto politico con gli occhi a mandorla cui rivolgeva le sue parole era arrossito, un fatto raro in un uomo della sua età e con il suo ruolo, ma aveva risposto con prontezza: – Se non le piace questa parola, possiamo usare allora quella di inclusività.

– Non cincischiamo. Qui dentro non c'è nemmeno un ascensore.

Un cenno del mento di tre quarti che aveva qualcosa di regale e che in parte smentiva il calore della voce della Donnagatto aveva messo ancora piú in imbarazzo l'interlocutore, che si pizzicava la barba forgiando un'espressione concentrata.

Ero in una delle ultime file della sala del quartiere adibita alle riunioni, ma vedevo benissimo e sentivo pure i mormorii di assenso e quelli di disappunto – qui si parla solo di disabilità motoria, dicevano due ciechi rivendicando un ordine del giorno che non era stato rispettato. Su un lato delle due principali aree in cui era divisa la platea c'era un ragazzo magrissimo, seminclinato su una grande sedia a rotelle elettrica, che puntava con un unico dito su una lavagna trasparente le lettere dell'alfabeto: la sua assistente le metteva insieme per formare frasi che riscriveva su un taccuino e che piú tardi avrebbe pronunciato per lui.

La Donnagatto era andata al tavolo per parlare scansando i numerosi cavi elettrici che serpeggiavano fra la platea e la zona degli oratori: il politico in campagna elettorale, un assessore, un rappresentante della consulta. Provai a contare i presenti, in tutto un'ottantina. La metà con deficit di vario tipo, una buona parte di accompagnatori e familiari, un'altra parte che era lí forse per interesse politico, o perché era attiva in qualche associazione di volontariato. Moltiplicando quel numero per un certo esponente ne veniva fuori una cifra di voti non trascurabile. I disabili, come i vecchi, sono un bacino elettorale da accaparrarsi. Il noto politico con gli occhi a mandorla lo sapeva ma non era preparato a incontrare una come la Donnagatto: gli stava rovinando il comizio. Vidi che scriveva un bigliettino e glielo faceva arrivare. L'assessore era finalmente giunto ad affrontare il problema delle indicazioni sonore per i ciechi che si interrompevano a un certo punto della strada e che in alcuni incroci erano state eliminate perché risultavano fastidiose agli abitanti della zona.

I problemi della gente erano davvero tanti. Cittadini insoddisfatti ai quali venivano negati diritti e possibilità, e che dunque chiedevano, protestavano, brontolavano, come altri con problemi diversi chiedevano, protestavano, brontolavano, e poi tutti insieme criticavano, supplicavano, s'indignavano, infine si rassegnavano e poi speravano di nuovo. Quelli con una sedia a rotelle elettrica cosí ingombrante che avrebbero dovuto allargare tutte le porte per farli passare e che invidiavano quelli con le sedie manuali e piccole, quelli paralizzati dal collo in giú che ritenevano fortunati quelli a cui si erano bloccate solo le gambe, i quali a loro volta non potevano nascondere una certa gola per le stampelle che bastavano, e talvolta non erano nemmeno necessarie, agli emiplegici, i ciechi che contestavano l'eccesso di attenzione per i disabili motori, i sordi che guardavano perplessi quest'agitazione, i cardiopatici che invocavano gli stessi diritti di parcheggio di chi non camminava, gli ammalati di Sla che imploravano l'assistenza a casa, per dar sollievo ai familiari che notte e giorno giravano i corpi cosí da evitare le piaghe da decubito, aggiustavano l'ossigeno per evitare le apnee, imboccavano pappine e cibi liquidi sorvegliando la deglutizione, e per se stessi infine imploravano la possibilità di dire: basta.

Che misura singolare sa prendere il dolore, certo, le leggi, i provvedimenti dovevano e potevano aiutare, ma la misura della fatica e del dolore erano unici come un'impronta digitale.

S'era fatto tardi. Avevo voglia di rientrare. In sala c'era un gran brusio. L'assessore stava elencando cose già ripetute, la rappresentante di un'associazione di volontari lo aveva peraltro contraddetto. Mi spostai di lato per salutare Giovanna, che però stava leggendo il biglietto e quando capí che avevo intenzione di andarmene mi fece cenno di aspettarla, controllò l'orologio e chiamò a sé con un gesto invitante il noto politico, aspirante sindaco.

Con inattesa rapidità la Donnagatto balzò sulla sedia accanto, una poltroncina lasciata vuota, e liberò la sua sedia a rotelle indicandola al noto politico, un uomo alto e di una certa avvenenza. Lo prese proprio per mano, invitandolo a sedercisi sopra. Impastato d'imbarazzo, l'aspirante sindaco non poteva concedersi troppa esitazione. Si lasciò andare sulla carrozzina, consapevole del ruolo e del gesto, e una volta sopra si piegò leggermente di lato per osservare il marchingegno ruota-cerchielli-freni. Era troppo grande per quella sedia, le gambe piegate puntavano in alto, come paletti segnaletici, i calzoni risalivano indecorosi oltre la caviglia. Ne risentiva l'elegante aplomb per cui era noto. La Donnagatto si protese verso di lui, bisbigliarono qualcosa, piuttosto sorridenti, lui si alzò e la aiutò a riguadagnare la carrozzina. Si strinsero la mano. Di nuovo zigzagando fra cavi e fili la Donnagatto ripercorse la parte destra della sala per venire verso di me. Ci avviammo all'uscita.

Dissi solo: che fatica.

Mi rispose: si è fatto tardissimo e devo scappare.

Non mi dispiaceva che uscisse con me, anche se trovai strano che, dopo aver tanto insistito perché la accompagnassi a quell'incontro e avermi fatto capire di essere molto coinvolta con tutto quanto riguardava l'abbattimento delle barriere, avesse deciso di andarsene prima della fine della riunione, cosí, senza conoscere quali sarebbero state le conclusioni.

Non ho mai saputo cosa ci fosse scritto sul biglietto che l'aspirante sindaco le aveva passato, chissà quale promessa aveva ottenuto la Donnagatto, e chissà se ci aveva creduto.

Per discendere il lastrone di metallo troppo pendente e scivoloso della rampa all'ingresso, chiedemmo aiuto all'usciere, come qualche secolo prima una dama in pizzo e scarpini di velluto avrebbe richiesto la propria carrozza per lasciare un ballo noioso. Allora sentivo che c'era, piú che un destino di sciagura individuale, la possibilità di una forza. Non mi decidevo su chi fosse davvero la Donnagatto, una donna intelligente e vitale fuori misura o una bugiarda inafferrabile. Potevamo confessarci quanto era dura, ogni giorno, ma non lo facevamo. Io avevo paura di non poter piú rientrare se mi fossi concessa quello strappo, la Donnagatto non sembrava nemmeno prendere in considerazione l'ipotesi che la sua vita fosse diversa da come era.

In quell'occasione non la vidi falcare come un felino solitario e altero la strada, ma sentii le sue imprecazioni mentre trasferiva la sedia a rotelle sull'auto, sbattendo contro la portiera. Le domandai se avesse bisogno di aiuto, ma aveva già richiuso. Non avevo idea di dove fosse diretta alle undici di sera, con tanta urgenza. Laureata in Lingue, dice di avere piú di un fidanzato, lavora come telefonista, le manca metà gamba, l'altra è paralizzata: quante vite in una. E come raccontarle?

Guardai il bordo della strada, dove la pendenza faceva scolare un rigagnolo nero, sembrava popolato da animali in movimento, scuri topi di fogna che s'inseguivano e inghiottivano a vicenda, ma era solo acqua. Non avrei saputo raccontare la vita della Donnagatto e nemmeno la mia. L'acqua che scorreva produceva topi, figure cangianti, gorgoglii e neri abissi in miniatura. Ma non c'erano parole per dirlo, io non le avevo. Le parole delle poesie che leggevo, dei romanzi, le immagini dei film e dei dipinti arretravano e si facevano insulse davanti all'enigma dei corpi che ancora c'erano, in alcuni casi erano perfino attraenti, ma non servivano piú a ciò per cui erano serviti un tempo. Quello che sapevo dire era: sopravvivere alla morte, diventare malati cronici, portare in giro il proprio disagio, superarlo a tratti, a volte sí a volte no, in ragione delle circostanze esterne, delle energie a disposizione, dell'amore altrui.

Ma questo non equivaleva banalmente a vivere, come vivevano tutti o quasi?

Dopo un po' che ci frequentavamo cominciai a trovare indigesta la mania della Donnagatto di provocare, sempre e chiunque. Era nevicato di nuovo, nonostante fossimo ormai a marzo. In città si erano formati ovunque cumuli di neve papposa e sporca. Si faticava piú del solito a trovare parcheggio. L'appuntamento era in una strada dove c'erano due posti riservati, ma la neve aveva ridotto lo spazio. Accostai l'auto, mi ritrovai però con pochissimo margine per smontare la carrozzina. Dall'altra parte della strada, proprio di fronte, c'era una fermata dell'autobus con gruppi di persone in attesa. Trafficavo per estrarre quella benedetta carrozzina, sentivo che di là mi guardavano e mi pesava tutto il doppio, le ruote sfilate dal sedile posteriore e appoggiate alla portiera aperta, in precario equilibrio finché non le avessi inserite nel telaio, la cintura di sicurezza che mi aiutava a non perdere l'appoggio, ma incagliava anche i movimenti. La cosa andò avanti per un po', non riuscivo a girare la sedia per incastrare nel perno la seconda ruota, avrei avuto bisogno di qualcuno che la sostenesse. Con la coda dell'occhio vidi che la Donnagatto attraversava, fuori dalle strisce pedonali, bloccando l'autobus, e veniva ad aiutarmi. Quando l'autobus fu ripartito, dall'altra parte, a meno di tre metri da noi, sotto la pensilina, c'era ancora un mucchio di gente, stavano immobili. La Donnagatto si portò di nuovo nel mezzo della sezione stradale, impennò la carrozzina attirando l'attenzione di tutti e scandí piuttosto forte, con un tono da comizio: ma se invece di starvene impalati a guardare faceste qualcosa?

Il gruppo di persone ebbe un moto di ritrosia, come se fossero state colpite da una raffica di vento, poi l'arrivo di un altro autobus le separò da noi.

Quando ritornò da me, le dissi piano: guarda che a volte qualcuno mi offre un aiuto.

Sí, a volte, non stavolta.

A te piace farti notare, a me no.

Pecora che non sei altro.

Senti, non è che il mondo è a tua disposizione, io preferisco avere la comprensione dei miei amici.

E quando i tuoi amici non ci sono?

Mi arrangio.

Be', allora arrangiati.

E mi piantò lí, davanti a un cumulo di neve coperto di smog.

Era spietata e cattiva, come forse era stato quell'esemplare di Tiktaalik che a furia di spremere ormoni e connessioni nervose, nella lotta per la sopravvivenza, aveva innescato il cambiamento da cui poi sarebbero discesi i polmoni, le zampe palmate, il collo staccato dal tronco e tutto quanto aveva fatto di lui un protoanfibio. Addio acque melmose, addio predatori coi denti aguzzi e gli aculei velenosi.

Ma la Donnagatto cosa voleva, farsi spuntare la gamba che non c'era piú o due ali per irridere la lenta pesantezza dei terrestri? Diventare un uccello, con un brivido lungo la spina, la pelle delle spalle che s'ispessisce e rischiara, dove è bucata dalla durezza delle penne. Il calamo che preme e germoglia fino a farsi vessillo. Le sue ali le immaginavo nere con striature blu, come quelle che avevo appena pestato, tra la neve, e avevano fatto crac, un crac di cartilagine e di aria racchiusa in sottili membrane. Erano di un corvo morto e intrappolato dal gelo, probabilmente aveva sbattuto contro un'auto, poi una parte della sua ala era finita sotto la mia ruota. Ebbi la tentazione di raccogliere una piuma staccata e non imbrattata dallo schizzo del sangue che colava dal becco. Ma quello non era l'uccello di fuoco la cui penna magica consente a chi la possiede di liberarsi dall'incantesimo della paralisi, che nella fiaba russa si chiama essere pietrificati, e non a caso, perché se il corpo non si muove torna a essere come le pietre, che possono essere attraversate da acqua, fulmini, sole e vento, in silenzio per migliaia d'anni.

La Donnagatto non aveva migliaia d'anni davanti a sé, e io nemmeno. Non eravamo le principesse in attesa di liberazione da parte di un prode cavaliere dal cuore d'oro e munito della piuma magica dell'uccello di fuoco. La gente con cui avevo a che fare era come quella in attesa dell'autobus, indifferente, o come l'aspirante sindaco e la sua cerchia, interessata, ma non a me, né alla Donnagatto o a nessuno in particolare, bensí alla categoria coi suoi problemi e la sua rilevanza sociale e blablabla, l'infinito inconcludente blablabla politico.

D'altronde c'erano numerosi aspetti a separarci dai terrestri bipedi. Come può chi cammina nei suoi scarponcini da montagna con carrarmato antisdrucciolo, attento a evitare il *verglas* formatosi sui pavimenti a palladiana dei portici e a schivare i cumuli di neve sui marciapiedi, dico, come può immaginare ruote lisce che sulla neve annaspano e slittano, producendo un solco che s'incide sempre piú, e fa sprofondare ulteriormente nella massa ghiacciata, non piú bianca, ma sporca e fredda sulle dita, che per non perdere quel poco di presa devono restare senza guanti, altrimenti le ruote non potranno mai essere guidate fuori?

O come può immaginare, il nostro prototipo di sapiens-sapiens, quante informazioni raggiungano dalla pianta dei piedi il suo cervello, e quanto prima degli occhi, prima dell'olfatto, e dell'udito, siano stati i piedi appoggiati al suolo a comunicargli la relativa sicurezza del luogo in cui si trova? Come può – dicevamo – sapiens-sapiens, che nella sua preistoria personale e di specie ha sperimentato la sicurezza della gravità, immaginare il pericolare gelatinoso di chi, lasciando perdere i piedi, non può nemmeno piú sentire il sedere, eppure sul sedere sta appoggiato tutto il giorno, e si sposta sopra quattro ruote, che saranno pure la piú grande invenzione umana, ma per funzionare hanno bisogno di altrettanto artificio umano, ossia di superfici levigate?

Mi misi a piangere davanti al mucchio di neve macchiata di smog, sangue e penne di corvo. Le mie lacrime erano l'unica cosa calda che scendeva. Chiamai un'amica al telefono e le chiesi se poteva venire ad aiutarmi. Non si trovava tanto lontano, per fortuna, e arrivò in poco tempo.

Mi fece disincagliare da quel cumulo di ghiaccio e mi scortò fino all'auto. Ci rifugiammo entrambe dentro e accesi al massimo il riscaldamento. La mia amica rise un po' nervosa mentre tirava fuori dalla borsa, e mi offriva, due cioccolatini col ripieno al caffè.

Disse: non so come, ma mentre venivo qui, t'immaginavo che mi aspettavi in piedi, passeggiavi su e giú per il portico infreddolita.

Passeggiavo, passeggiavo. Te lo immaginavi proprio. Le feci eco trangugiando il mio cioccolatino e maledicendo tra me e me la Donnagatto.

Poi pensai che avevano ragione loro, lei e la Donnagatto, in maniera diversa. L'umanità che si salva, prima di tutto, immagina.

Per tutto il tempo in cui mi sono domandata chi fosse la mia nuova amica so di averne coltivato un'immagine distorta, come quando ci si innamora e, sopra la verità percepita alla prima impressione, si accumulano i molti strati con cui nutriamo lo spazio di un rapporto.

La Donnagatto mi faceva vergognare del mio lutto. Forse non avevo perso solo l'uso delle gambe, che rimpiangevo come irreparabile, ma anche qualcos'altro. Qualcosa che aveva a che fare con i lunghi mesi nell'unità riabilitativa, ma anche con la quotidianità in ufficio, dove la dirigente poteva dirmi: hanno messo la presa della corrente bassa apposta per te. Non era vero, ma anche fosse, sarebbe stato giusto e legittimo, perché allora doveva rimarcarlo? Eppure io non avevo trovato nulla da rispondere, mi ero piegata al senso di superiorità dei sani e dei camminanti, come se dovessi ancora cancellare i segni di ciò che ero, la vergogna.

La Donnagatto invece aveva sempre pronta una risposta. Al botteghino del cinema dopo che, al solito, aveva incantato il bigliettaio pronto a offrirci, oltre ai regolamentari biglietti, l'extra di una lattina di Chinotto per ciascuna, si era accorta che ci avrebbero separate perché non erano previsti due posti affiancati per carrozzine. Saremmo state una da una parte e una dall'altra della sala, praticamente nello spazio delle opposte corsie. Giovanna disse alla maschera che quella era una discriminazione, come quando fino agli anni Sessanta, negli Stati Uniti, i neri dovevano entrare al cinema da porte laterali (noi lo avevamo appena fatto, tra l'altro, visto che quella centrale era preceduta da tre gradini).

La maschera, un mingherlino con le dita gialle di fumo, i capelli unti e tendenti allo stesso colore, rispose che non l'aveva deciso lui, che il cinema era fatto cosí e che non era poi una tragedia se ci dividevamo durante la proiezione. Una tragedia no, ma piacevole neppure, obbiettai guardando per terra il linoleum sporco. Invece la Donnagatto lo caricò di insulti, il piú divertente e assurdo era che a loro (a loro chi?) non era di sicuro mai venuto in mente di separare quelli che al cinema ci venivano per pomiciare, o farsi fare un pompino. Disse proprio cosí, farsi fare un pompino, e aggiunse, sempre con la sua voce melodiosa e cantante, che era una benedizione che lei la sua sedia ce l'aveva e se la teneva ben stretta piuttosto di dover appoggiare il proprio deretano su una di quelle sudice poltrone sfondate di peti e spruzzate di liquidi non meglio identificati. L'uomo osservò, senza guardarla e con gravità, che quella non era una sala a luci rosse. La Donnagatto gli rise in faccia e disse che ce ne andavamo. Ma io non volevo affatto. Ero del tutto intenzionata a vedere il film. Perché rovinarsi la giornata ancora di piú? La Donnagatto si seccò anche con me e mi piantò lí da sola, tanto per cambiare. La maschera che mi faceva strada in sala commentò che la mia amica era una testa calda.

E lei è un incivile, borbottai, ma piano fra me e me, perché non avevo nessuna voglia di continuare a discutere in quella maniera ottusa.

All'uscita del cinema la trovai che mi aspettava dall'altra parte della strada con una sigaretta in bocca, si era data il rossetto, dello stesso colore delle sue ballerine. Non mi chiese se mi fosse piaciuto il film, senza preamboli disse: tu scrivi.

Doveva averlo scoperto in internet. Avevo pubblicato un'antologia di racconti con una piccola casa editrice. Mi sentii accusata di non averle regalato il mio libro, o qualcosa del genere. D'altronde io stessa nei confronti della letteratura mi sentivo una ladra, un'ospite temporanea, nessuno mi aveva dato il permesso di scrivere.

Le chiesi cosa avesse letto, pensando di farla franca, considerando improbabile che si fosse comprata i miei racconti. Invece, con la sua bella voce sempre pronta alle smentite, cominciò a parlarmene dimostrando di conoscerli. Aveva anche individuato il racconto in cui si alludeva al Dottor G ed era quello che le era piaciuto di piú, perché secondo lei avevo usato molta immaginazione, anche se non abbastanza. Cioè, andava bene la faccenda del piccolo sadico, del solitario trinciatore di zampette di pollo che doveva essere stato da bambino, dell'abbronzatura da barca a vela ma, anziché domandarmi cosa facesse di giorno, perché non mi ero chiesta come passasse i momenti in cui era di turno, di notte, e per miracolo non arrivava nessuno con un'emorragia cerebrale o una lesione spinale da operare d'urgenza, e allora gli infermieri e i ferristi ordinavano pizze per tutti e nel corridoio davanti alla sala operatoria filtrava la musica della radio? Avevo mai pensato a cosa succedesse allora? Avrei dovuto essere piú audace.

In che senso?, le chiesi incuriosita e anche un po' urtata. Dopo Sonia, ci si metteva anche lei con questa storia della scrittura. Non era affatto detto che io ci tenessi cosí tanto, che fosse poi di cosí vitale importanza, ma allora perché mi pungeva ogni volta che se ne parlava? Intanto l'avevo appena detta grossa: che per me era solo un'evasione. Ma a chi credevo di darla a bere? Non a lei, di sicuro, commentò. Da che ricordavo avevo sempre scritto, per dire che esistevo o che le cose esistevano, in un certo momento e con una certa luce, o un certo gelo, una certa aria che stava fra le persone e lo spazio, i pensieri che le avvolgevano, l'intuizione di una verità tutta diversa da quella che si vedeva. Per far vivere la vita anche dopo che è terminata, oltre i confini che le sono toccati. E ti pare poco? Dovevo andarci a fondo, disse lei. E dunque era cosí importante? Forse. Certo che lo era, perché mi ostinavo a mentire? Tutti mentono, cosa credeva che ci fosse nei libri? Un mucchio di bugie, di cose inventate, vere solo per metà o anche meno, dissi infervorata.

Immagino che sia cosí, si mente anche per vivere. Ci sono infinite gradazioni di bugie di cui abbiamo bisogno ogni giorno, per sopportare la vita, mi rispose conciliante.

Poi mi propose di accompagnarla al lavoro, quella sera.

Non risposi all'invito. Non avevo voglia di accompagnarla in un call center, non vedevo perché avrei dovuto farlo dopo che lei mi aveva piantata in asso al cinema.

Disse che c'era una cosa della sua vita che aveva bisogno di condividere. Vieni con me stasera, insisté. Aveva cambiato tono, quasi una preghiera.

Ma perché dovrei venire sul tuo posto di lavoro?, le chiesi.

Perché è l'unico modo per farti capire.

Mi ero sempre rammaricata del fatto che la Donnagatto fosse sfuggente, che di lei conoscessi solo gli aspetti piú vistosi e forse nemmeno i piú importanti, ora non potevo tirarmi indietro.

Dopo cena passò a prendermi. A casa, sapendo che non sarei rientrata, raccontai che dovevo aiutarla a fare ricerche per il lavoro e che sarei stata via la notte. Non c'era alcuna necessità di quella mezza bugia, e mi stupii di averla confezionata lí per lí. Presentivo un'infrazione che a parole non era mai stata dichiarata, ma che mi faceva agitare. Il mio compagno disse solo: stai attenta.

Era una sera tiepida e, quando cominciammo ad allontanarci dal centro della città verso un'area periferica, l'odore dell'erba e degli alberi appena fioriti, tra un caseggiato e l'altro, entrava dal finestrino semiaperto. La Donnagatto non parlava e io nemmeno. Avvertivo la solennità di una rivelazione che doveva arrivare. Avevo anche un po' paura.

Ci trovavamo in una zona semindustriale, dove ai prati incolti e ai fossi che rigurgitavano bottiglie di plastica e margherite si alternavano capannoni, sedi di società logistiche con grossi tir parcheggiati nei piazzali. Non proprio la zona ideale per due donne, per di piú in sedia a rotelle. Alcuni capannoni erano completamente bui, rischiarati solo dalla luce rossastra dei lampioni stradali, altri invece sembravano attivi e animati. Forse erano i famosi lavoratori notturni cinesi a occuparli, quelli senza permessi, contratti, assicurazioni, identità. Ci fermammo davanti a uno di quelli illuminati, la cancellata elettrica era aperta. Fuori, neanche un'insegna, il parcheggio in cui entrammo era dietro una fila di pini, tenuto bene e occupato da almeno una decina di auto.

Dopo aver spento il motore, la Donnagatto mi disse che aveva desiderato raccontarmi del suo lavoro fin da quando ci eravamo conosciute. Tanto piú che pensava da un po' di cambiare, non solo il lavoro ma forse anche città, vita, insomma. Però prima che entrassimo là dentro, e indicò una porta di vetro e ferro, voleva che le promettessi che avrei cercato di capire.

Si mosse sul sedile, spostò la mano dal volante alla protesi, coperta dalla gonna leggera che indossava, e cominciò a tamburellare producendo il suono di un contenitore di plastica vuoto. Lei sapeva che l'avrei capita, ne era certa – diceva – magari ne avrei anche tirato fuori qualcosa da scrivere.

Di nuovo con questa storia della scrittura. Dissi che non capivo di cosa stesse parlando. Abbassai il finestrino e aprii la portiera per decomprimere l'intimità, gli aliti diventati alone sul parabrezza.

Ciò che stai per vedere e per sentire non è ciò che credevi di sapere di me. Lí dentro c'è una compagnia di servizi telefonici, la maggior parte di chi ci lavora fa televendite, qualcuno i tarocchi, in certe fasce orarie. Poi c'è il telefono erotico, che va in notturno. Io lavoro lí, da due anni. Tre sere a settimana, piú o meno.

Tacque, ci fu un silenzio prolungato. Chissà perché ricordai allora l'istante di coscienza, fra il buio che ruotava e il buio che mi teneva orizzontale, in cui dopo l'incidente fui sicura che l'unica a farsi male ero stata io, non mia figlia, non il mio compagno. La stessa certezza che avrei tanto voluto non avere ma che non potevo ignorare.

Dunque era in un telefono erotico che finiva la voce della Donnagatto. Di sera lei entrava in quel capannone e prestava la sua voce a chissà chi, a pagamento.

Avrei potuto anche immaginarlo prima.

Tirai su il finestrino.

La Donnagatto disse che dovevamo andare, tra poco iniziava il suo turno.

Districò la sua carrozzina dal sedile posteriore, la montò, poi andò al bagagliaio dove avevamo stivato la mia, e ci dirigemmo verso l'entrata.

Infilò una chiave nella porta a vetri e schiacciò un pulsante, probabilmente il disinnesco di un allarme.

Si voltò per dirmi: non te la senti?

Pensai per un momento a quanto sarebbe stato piú facile se fossi rimasta a casa. Ma non ero forse venuta lí per attraversare un confine, quello che c'era sotto il bianco diurno in cui la vita s'ingranava nei tecnicismi della sopravvivenza medicalizzata?

Le dissi: ti seguo. Ed entrammo.

Parte seconda
L'aria

Nella mia carne vedrò Dio.
Giobbe 19.26

Sul lavoro è Veronica. È stata la prima regola che le hanno spiegato, per la privacy ovviamente, ma anche perché dandosi un altro nome è piú facile calarsi nella parte.

Ricordati che qualsiasi cosa tu stia vendendo, una polizza assicurativa un aspirapolvere il futuro nelle carte o una scopata, sei al sicuro, non rischi niente, purché non riveli dettagli con cui possano risalire a te o a questo posto. Vedrai, con un altro nome è piú facile.

Ho le gambe lisce, lunghe e muscolose. Ho tolto i collant, mi sto versando olio al profumo di cocco, per massaggiarle. Vuoi che ti stringa, le senti? Senti le mie gambe?

Ascolto la voce incantatrice della Donnagatto e la guardo tamburellare con la mano libera sulla protesi. Le parole fluiscono come correnti, smuovono e passano, anche se la Donnagatto e il cliente al telefono non condividono la stessa aria. Non so come, ma ogni mia difesa è sparita. È la prima telefonata, non sento quasi nulla della voce maschile dall'altra parte della cornetta, mi lascio scivolare, come quando da piccola a lezione di danza, tra un esercizio e l'altro, ascoltavo seduta a terra le chiacchiere di un'amica che mi teneva un braccio e ci tracciava sopra ghirigori con due dita, mentre io dimenticavo perfino dov'ero.

Cosí mi senti?

Scendo dentro di me e mi ritrovo stesa su un letto ospedaliero.

Un medico sta in piedi di fianco, ha la mia cartella clinica che riporta grado e livello della lesione midollare, ma deve verificare di persona, da quando mi hanno operata potrebbero esserci cambiamenti nei parametri motori e sensitivi, magari in meglio, mi ha annunciato prima di iniziare la visita. Un infermiere mi spoglia la parte sotto, lasciandomi senza slip.

Apra le gambe, dice.

E io mi gonfio in uno sforzo pauroso che non porta a nulla.

Pieghi il ginocchio destro, dice impassibile.

E io guardo la gamba stesa davanti a me rimanere immobile.

Provi a dare un calcio, dice.

E vorrei poterlo fare, anche solo per colpirlo.

Adesso muova i fianchi, dice.

E qualcosa riesco a muovere, non so se per traino della parte superiore o per miracolo.

Bene, fin qui ci siamo. Ora chiuda gli occhi, ordina.

E io obbedisco.

Cosa sente?, chiede.

Nulla, rispondo.

Apra gli occhi, prosegue.

Obbedisco e vedo che la sua mano è sulla mia coscia e fra indice e pollice tiene un batuffolo di cotone.

Ora li richiuda, ordina.

E io obbedisco.

Cosa sente?, mi chiede.

Nulla.

Li riapra.

Eseguo e vedo che con un punteruolo metallico sta tracciando righe sulla pianta del mio piede.

Richiuda.

Faccio buio di nuovo.

Li apra.

A partire dal ginocchio vedo una striscia d'acqua che arriva fino all'inguine e mi fa la pelle lucente e piú scura. L'ha tracciata con un batuffolo di cotone, forse quello di prima, imbevuto di un liquido che sgocciola sul lenzuolo, mentre lui lo tiene sospeso in aria.

Deglutisco e spero che sia finita lí. Invece ricevo un nuovo ordine.

Tiri su la maglietta. Vediamo fin dove arriva.

Il soggetto mai pronunciato è: la sensibilità. Il medico sta eseguendo l'esame della sensibilità. Io lo so e la parola mi martella la testa.

Chiuda di nuovo gli occhi, dice.

Io li chiudo e mi viene il dubbio che anche quello che credo di sentire sulla pancia sia uno sforzo di finzione.

Cosa sente?

Qualcosa di leggero, rispondo, per non sbilanciarmi troppo.

Apra gli occhi.

Li apro e vedo che le sue dita impugnano una penna d'oca appoggiata all'altezza del mio ombelico.

Li tenga aperti, ora, e mi dica se sente.

Vedo la penna scendere verso l'inguine e piú la fisso piú scompare il suo tocco dalla percezione.

Non sento piú niente, dico, implorando con gli occhi che la finisca.

Ma dopo la penna è la volta del punteruolo e dell'acqua, che tracciano un'incerta linea di confine sotto l'ombelico, fra il regno della Sensibilità e quello dell'Insensibilità in cui sono inghiottiti il peritoneo, gli obliqui addominali, gli anelli inguinali.

Apra e chiuda.

Cosa sente, dove sente e dove non sente.

Sarà durata meno di venti minuti, ma mi ritrovo spossata come se avessi vissuto senza sonno per un mese. Il mio corpo è lí tutto intero, ma mi tocca starci dentro senza piú sentirne i confini, le funzioni precise. Questo pensiero mi spacca la testa, mi rende furiosa.

Quando l'infermiere si avvicina per rivestirmi, gli dico: faccio da me, sebbene la schiena sembri lacerarsi ogni volta che ruoto, anche di poco, a destra o a sinistra, e per infilarmi le mutande e i pantaloni del pigiama devo farlo.

Il medico, che ha un cognome come Cobalti o Basalti, non ho capito bene, scarabocchia su un foglio che aggiunge alla mia già voluminosa cartella.

Fra una ventina di giorni ripeteremo l'operazione, dice prima di andarsene.

L'infermiere mi rivolge uno sguardo che dissimula il trionfo. È lui che alla mattina mi pulisce, perché ancora non so alzarmi da sola e raggiungere il bagno, e quando mi lamento che mi ha fatto male, o sfregato troppo forte, dice: ma sei propria sicura di sentirci?

La Donnagatto ha posato il telefono e si tormenta l'angolo di un'unghia.

Profuma di cocco l'Arbre Magique che ha appeso alla lampada, sulla minuscola scrivania davanti a lei. La disinfetta con spray all'Amuchina, insieme al telefono e agli auricolari. Lo fa ogni volta, non si sa mai chi ci sia stato prima. Oggi la Donnagatto non ha avuto il tempo di farlo, perché si è attardata a darmi spiegazioni. Ne approfitta ora, in attesa della prossima telefonata. Per il resto evita di toccare i posacenere dove stagnano cartine di caramelle, le pareti insonorizzate con materiale spugnoso di colore grigio, e le piante finte del cubicolo dove lavora. D'abitudine, cerca di arrivare qualche minuto prima dell'inizio del turno per poter aprire la finestra e cambiare aria. Tiene un pacchetto di caramelle e uno di chewing gum alla menta a portata di mano, in borsa una barretta ai cereali e al cioccolato. Nel corridoio c'è un distributore di bevande, calde e fredde. Qualche volta prende un caffè, ma cerca di evitarlo nonostante le piaccia, perché a quell'ora le fa venire la tachicardia, sarà per via del ritmo circadiano manomesso dalla veglia notturna. Ha sempre un taccuino sul tavolo e una penna, mentre parla disegna: fiori, arabeschi, quando riesce a essere molto concentrata schizza polpacci in tensione, scarpe da punta o scarpe da tango. Nei suoi disegni compare spesso una sigaretta accesa. Nel cubicolo in realtà non si può fumare. Nei fogli che a volte conserva, e piú spesso straccia, si arrampica di lato scritto in caratteri svolazzanti anche il suo nome, anzi i suoi due nomi.

Perché proprio Veronica?, le chiedo. Giovanna non sa quando sia nata Veronica. Probabilmente non in una volta sola, non in un'unica occasione. Quando si trovava ancora in sala rianimazione, il respiro legato a cannule infilate nelle narici, le braccia percorse di aghi e l'odore di etere e di lattice che emanava dal suo corpo, chi era?

Non c'era nessuno al suo fianco quando si svegliò dall'anestesia, nella penombra di una stanza dove gli altri corpi stesi sui letti, se erano vivi, non sembravano esserne coscienti, intubati come lei e immobili, per quel che aveva potuto vedere sollevandosi di poco con la testa, per poi ricadere subito sul cuscino piombata dalle vertigini.

Era arrivata un'infermiera e senza dirle nulla aveva cominciato a lavarla. Giovanna percepiva lo sgocciolio di una spugna passata e strizzata, ma faticava a tenere aperti gli occhi, come fossero allagati da un liquido denso, e non distingueva tra il suono del proprio respiro e il sibilo delle macchine a cui era attaccata, a cui erano attaccati gli altri corpi. Spostandosi sul lato sinistro l'infermiera aveva detto: qui si fa prima, c'è solo mezza gamba.

In questo modo Giovanna aveva appreso di aver subito l'amputazione. Si era alzata su un gomito ed era rimbalzata indietro: a sinistra, al posto della gamba, c'era un moncone fasciato.

Ha ancora in mano la bottiglietta dell'Amuchina quando arriva la seconda telefonata.

L'appoggia sul tavolo e inarca la schiena, immagino sia lo sforzo di adattarsi a una nuova situazione, a una persona diversa dall'altra parte del microfono. Si vede, perché Giovanna si attorciglia i capelli a un dito, finisce per strapparne alcuni, si massaggia il mento. Ma nella voce non si sente.

È come uno specchio che si deforma al tocco altrui, e rimanda visioni.

Chi sei? Non vuoi dirmi il tuo nome, dunque. Come preferisci.

Slacciati. Chiudi gli occhi. Ti sto spogliando. Concentrati su quello che senti.

Ma è normale che non senta niente?, avevo chiesto al Dottor G, durante la sua prima visita, dopo l'intervento, e lui aveva annuito con quei suoi occhi scuri cerchiati dalle molte ore passate al microscopio.

A ogni esame dovevano trasportarmi in un reparto diverso, staccandomi dalla pompa della morfina. Il lettino-barella scorreva nei corridoi rimbalzando sui dossi del pavimento che coprivano grappoli di cavi elettrici, ed era come se pietre aguzze s'incuneassero fra le vertebre.

Dopo una settimana era arrivato un urologo a misurare la pressione della vescica, il tempo di riempimento, la capacità e lo svuotamento. Mi avevano riempita e svuotata di liquidi, con un catetere collegato a una macchina che produceva un rumore come di fontana. L'acqua che colava era l'unica cosa che avessi percepito distintamente, mentre l'infermiere toglieva una sonda e ne inseriva un'altra nell'uretra dopo averne lubrificato l'estremità con un gel trasparente. All'inizio e alla fine le solite domande: cosa sente? Si concentri su cosa sente. Gatti che pattinano lungo pareti invisibili, vetro che scorre su vetro, ma niente di simile a una sensazione, una di quelle cose rotonde che dicono con rozza precisione: caldo, freddo, asciutto, bagnato.

A giorni alterni un infermiere si presentava di mattina presto, per somministrare un clistere. Piazzava un tessuto assorbente sotto il bacino, mi girava sul fianco destro, intimandomi di massaggiarmi la pancia in senso orario, mi ricopriva con un lenzuolo. Fra dieci minuti sono qui, diceva, e si dirigeva verso un altro letto per compiere la medesima operazione. Il fetore era l'unico segnale. Quando l'infermiere tornava per raccogliere e pulire, tutto si svolgeva in un silenzio carico di disgusto e vergogna.

A metà mattina cadeva l'ora della visita del primario coi dottorandi. Durante una delle prime aveva proiettato l'immagine del mio rachide e del tronco prima dell'intervento. Aveva chiesto agli studenti cosa notassero, a parte la frattura vertebrale. Con un puntatore fisso sullo schermo il primario aveva indicato una massa scura nella gabbia toracica, là dove c'era lo stomaco.

La paziente aveva lo stomaco pieno e in digestione, al momento del trauma, aveva dichiarato. La paziente, non io, col mio nome e cognome, non la persona che era davanti a loro.

Qualcuno degli studenti aveva spostato lo sguardo dall'immagine in bianco e nero a quella reale nel letto, distogliendolo subito come se la trasparenza grigia degli organi e la faccia di chi li conteneva non avessero nessuna relazione fra di loro. Il piú ardito aveva osato un commento sulla forma del pancreas che il primario aveva respinto come non pertinente, passando al lettino successivo.

Un'altra volta erano state le lastre dei miei polmoni a retroilluminarsi, per mostrare due piccoli fori dovuti all'urto delle costole. Questa è la ragione per cui la paziente respira male, ha un polmone pieno di acqua che occorre drenare. E ora faremo un drenaggio. Cosí, senza preavviso, un dottorando dalle mani tremanti mi aveva fatto un'iniezione anestetica e mi aveva praticato un'incisione poco discosta dall'incavo dell'ascella per inserire un catetere drenante. L'incertezza dell'operazione era stata ripresa dal primario col risultato, visibile mesi dopo, di una cicatrice grumosa di larghezza eccessiva per una sonda di mezzo centimetro di diametro. Per tutto il tempo di quell'operazione nessuno mi aveva mai chiamata per nome.

A un certo punto avevo deciso di fingermi addormentata, durante quelle visite, per rannicchiarmi nel presente delle sensazioni, cercare solo quelle buone, anche solo il sollievo del cuscino fresco sotto la guancia, perché oltre non era possibile andare, né in avanti né all'indietro, né pensare di vivere in quelle condizioni, né ricordare come ero stata. Sotto l'irresistibile montata di velluto della morfina si agglomeravano immagini, spesso ricorrenti. Ero ancora in piedi di spalle, stringevo i glutei, alternavo il peso ora su un fianco ora su un altro, i tacchi sotto i talloni, le ginocchia salde, il peso di mia figlia appoggiato sull'anca. Che certezza. Perduta.

Adesso l'unica cosa certa sui cui contare era la morfina con le sue ali d'angelo, bianche e carezzevoli.

Alla figlia di Morfeo, dio del sonno, rivolgevo la mia preghiera: prendimi fra le tue braccia, compi su di me la tua metamorfosi, fammi dormire, fammi dimenticare, fa' che non sia piú io, ma chiunque altro. Chiunque al mio posto. Chiunque potrebbe essere la proprietaria di un paio di polmoni bucati, di uno stomaco ingombro, di una spina vertebrale incrinata, di una vescica che non risponde, di gambe inerti. Prenditi tutto questo.

Nel reparto c'era anche un'infermiera gentile che mi chiamava per nome. Mi chiedeva come stavo ogni volta che doveva farmi un prelievo e cambiarmi la sacca di raccolta delle urine. Si prendeva cura di quello che usciva dalle mie vene, dai miei orifizi. Io guardavo il liquido giallo e quello rosso cupo, entrambi prelevati dal mio corpo, allontanarsi da me. A quella dispersione avrei voluto ne seguissero altre, fino a cancellare la cosa mostruosa che sentivo di essere diventata.

La Donnagatto scosta di poco il ricevitore da cui esala un gemito, poi un *click*, come il tappo a corona di una bottiglia di birra stappata.

Inginocchiati e leccami i piedi, prima il destro, poi il sinistro. Soffermati sulla caviglia sinistra.

La Donnagatto impartisce ordini, come per automatismo. Anche l'accento metallico e distante della sua voce si adegua. C'è sempre qualcuno che vuole essere dominato, obbligato a fare cose. E vuole che una voce costruisca questa fantasia che da solo non è in grado di abitare. Sulla scrivania ci sono i testi di dialoghi telefonici inseriti dentro carpette plastificate e trasparenti. Giovanna pulisce anche quelle con lo spray all'Amuchina.

I generi sono banalmente prevedibili: romantico, porno, sadomaso, soft, roba cosí. Scene fisse che fanno da guida e che si possono variare con dettagli a piacimento, in base all'ispirazione, alle richieste. Giovanna non sa chi abbia scritto i testi. Ha il sospetto che siano stati presi da qualche sito web, alcuni forse stralciati e pasticciati da libri tipo Harmony. I testi hanno una durata che cambia, a seconda che si tratti di una telefonata da sei minuti o da dodici. Dipende da qual è stata l'opzione del cliente, i soldi che è disposto a spendere. I clienti pagano per la sua voce.

Continuo a sentire solo le prime parole della conversazione, poi mi perdo. Faccio confusione con le parole che negli intervalli ci scambiamo io e la Donnagatto. Mi racconta quello che non mi ha mai raccontato.

Adesso la vedo. L'avevano appena trasferita dalla rianimazione in reparto, e nel lettino di fianco c'era una signora con il cranio rasato e ricucito, forse un tumore, forse un ictus. Brancolava in un mondo tutto suo, parlava di tigri a colazione e peristalsi faticose. Un giorno, mentre Giovanna fissava il soffitto e cercava di stordirsi con l'odore emanato dal mazzo di gigli sul suo comodino, la signora con il cranio rasato e ricucito si voltò di scatto e le disse: sei proprio una bellezza mediterranea, tipo la Cucinotta. Alta e mora, con quelle lunghe gambe snelle.

Giovanna non ci pensò due volte, scoperchiò il lenzuolo per mostrarle il moncone della gamba amputata. Guarda, le disse.

La signora con il cranio rasato e ricucito ebbe uno sguardo ammirato e continuò: eh sí, proprio due belle gambe. Ma anch'io, sai, da giovane.

Ricordo di una volta che mia madre in ospedale mi aveva tolto le calze contenitive e mi massaggiava le gambe, con una crema. Continuava a ripetere: che bella pelle liscia e morbida, come quando eri bambina. All'ora della visita, era arrivato il Dottor G e mia madre non aveva resistito, gli aveva chiesto se con le cellule staminali non si sarebbe potuto far tornare a camminare le belle gambe di sua figlia, cioè le mie.

Il Dottor G aveva risposto che erano in corso esperimenti sugli animali, ma ancora niente di applicabile al protocollo ospedaliero, e quindi agli umani.

Eppure, aveva insistito mia madre, ho sentito dire che il midollo si può ricreare in laboratorio e rinnestare. Che al giorno d'oggi, con le staminali, si possono fare miracoli.

Signora, io non sono Dio, aveva risposto il Dottor G, uscendo dalla stanza.

Qualcosa non va nella telefonata. La Donnagatto ha corrugato la fronte e trattiene il fiato. Dall'altra parte un uomo (ma potrebbe essere anche una donna) piange. Sento qualcosa come: sei il mio angelo (ma forse è solo la parola gelo). Poi riattacca.

La Donnagatto mi guarda e dice, come se io conoscessi la situazione e la persona: fa sempre cosí.

Io fisso la sua gamba mancante, per la prima volta mi concedo di farlo con insistenza, senza pudori, e le chiedo: dov'è finita?

La Donnagatto mi dice di averla sognata. Nel sonno, aveva visto la sua gamba dentro un cassonetto della spazzatura, lo stivale nero e il jeans che indossava la sera dell'incidente, il sangue rappreso sulla resezione e sul bianco spugnoso dell'osso, il formarsi di tante minuscole sfere lucide e traboccanti, gocce rosse e turgide, un fiotto piú consistente e quasi nero dalle vene recise. Non aveva provato ribrezzo, anzi. Si era sentita perfusa da un amore superiore, quello che una madre nutre per un figlio, verso quel pezzo di sé che forse non era perduto, forse poteva ancora recuperarlo dalla spazzatura e tentare di riattaccarlo.

Sai dove finiscono gli arti e gli organi tolti durante le operazioni? Dentro sacchetti di cellophane per la raccolta organica, a loro volta chiusi in contenitori rigidi di plastica. Ogni intervento ha il proprio contenitore, protocollato e numerato. Non si mischia niente, nemmeno le garze e i fili di sutura. Ogni quarantotto ore circa, i fustini vengono prelevati da un servizio apposito e portati a una fornace di smaltimento. Il materiale organico brucia a una temperatura piú bassa di quello metallico, ma tutto indistintamente diventa fumo, cenere e particelle sottili, residuo volatilizzato, dunque, anche la gamba sinistra della Donnagatto.

Il mio midollo maciullato non era finito da nessuna parte, me l'ero tenuto dentro, groviglio di empietà che non avrei mai finito di espiare e che disegnava la mia storia senza che potessi raccontarla. Ma ora chi parla, se non la voce indistinta della carne?

Quegli organi tutti uguali, i miei non diversi da quelli della persona dall'altra parte del telefono, o da quelli della Donnagatto, che sospira.

La tua mano è la mia mano.
Oh.
Va tutto bene.
Ci risentiamo. Quando vuoi tu.
Cerca Veronica.

Giovanna riattacca la cornetta e si toglie dalla bocca il chewing gum alla menta. Ha ottenuto che le dessero un vecchio telefono al posto del cordless. Ha portato in ufficio un bel numero di riviste scientifiche in cui si sostiene la pericolosità delle radiazioni emesse da cordless e cellulari e cosí ha persuaso il titolare che un'esposizione prolungata potrebbe causare l'insorgenza di tumori. Non che abbia mai fatto tante ore alla settimana. Al massimo dodici, in genere meno. Quel lavoro le serve per arrotondare l'accompagnamento e la pensione di invalidità, che ammontano a seicentocinquanta euro al mese, e la rendita (bassa a dire il vero) dei soldi investiti con i quali l'assicurazione e il padre di Tommaso, che guidava l'auto la notte dell'incidente, hanno deciso di risarcire il danno. Tommaso era andato a farle visita, i primi tempi, in ospedale e nella clinica riabilitativa, ma anche a casa, nel breve periodo in cui Giovanna era tornata dai suoi genitori. Era difficile non parlare dell'incidente e, allo stesso tempo, cosa c'era da dire? Avevano tutti bevuto un goccio in piú, ma forse non era stato quello, il banco di nebbia si era alzato all'improvviso, cosí denso che la curva era scomparsa, poi avevano urtato una grossa quercia. Luisa e Tommaso, che erano davanti, avevano puntato i piedi e si erano aggrappati ai braccioli, cosí Gianni e Marco che erano ai lati sul sedile posteriore, mentre lei, Giovanna, seduta dietro nel mezzo, per quale motivo era senza cintura e con la gamba sinistra incrociata sotto la destra?

Quelle visite impacciate e piene di silenzi assorbiti da abbondanti vaschette di gelato finirono quando l'assicurazione depositò un assegno a favore di Giovanna, al quale il padre di Tommaso volle aggiungere un altro po' di soldi, perché di certo non c'era somma che valesse ciò che le era stato tolto. Quando capita che Giovanna torni dai suoi e lo intraveda – sono vicini di casa – Tommaso, se può, evita di fermarsi a salutarla.

Lasciati andare. Come fosse velluto.

Chissà se Giovanna quando pronuncia la parola velluto, duplicando le liquide, pensa come me alla morfina. Io ci penso, a quel caldo che mi avvolge, rammollisce i muscoli, scioglie i nervi e le viscere, sloga con dolcezza le articolazioni, sfilaccia i pensieri. Cessata la battaglia per estendere la coscienza a quei limiti che non si possono varcare, tra i quali ci tendiamo di continuo e che diventano tanto piú evidenti quando sopravviviamo a un pericolo: prima della nascita, dopo la morte, aderivo con gioia grottesca al presente. Niente piú paura. Dalla vetrata di fianco al mio letto il cielo pareva sempre in procinto di schiantarsi su di me, provocando voli, ascensioni, cortei. E non è detto che fossero proprio delle belle giornate. Tutto tornava imperativo e paradossalmente prorogabile. La mia tesi di dottorato, interrotta proprio quando avevo scoperto alcune sculture importanti nella collezione Grimani di Venezia. Potevo vedere le statue muoversi come animazioni in 3D, che mi mostravano i punti in cui il marmo antico era stato restaurato con un pezzo rinascimentale. Come avevo fatto a non capirlo prima? Con la stessa lucidità remota e soffice vedevo la bambina che avevo lasciato: bisognava abituarla al vasino e toglierle i pannolini, qualcuno l'avrebbe fatto al mio posto, non era grave. La padella lasciata sui fornelli con il pollo al curry cucinato prima dell'incidente, i panni stesi con quella maglia a costine color fucsia, cosí ristretta che ormai sarebbe stato meglio buttarla, una giacca nera di satin portata in lavanderia che bisognava, prima o poi, ritirare.

C'era cosí poco di grave, finché tutto rimaneva allentato e il dolore era attutito da spessi strati di alcaloidi. Ma non durò cosí a lungo, abbastanza però da farmi venire una crisi di astinenza, quando mi tolsero la morfina. E il mondo tornò spigoloso e verticale.

Dall'ospedale passai alla clinica riabilitativa sotto una pioggia leggera di petali primaverili e acqua. Pioveva tra le foglie dei pioppi, e stesa sulla barella affogavo sotto le gocce d'acqua e i piumini degli alberi.

Dentro quell'ex sanatorio, circondato da alberi e zanzare, le ore della giornata ripresero una scansione: la mattina per le abluzioni e la palestra, il pomeriggio per il riposino e un altro po' di palestra, la sera per leggere, guardare la televisione o l'infinita distesa di un campo di granoturco nero.

Le camere erano da due e spesso da tre persone. Quando imparai a mettermi seduta, il piano del comodino era l'unico territorio su cui esercitavo qualche controllo: libri, walkman e pasticche di Lioresal con cui sedare le contrazioni e attingere, se non alla distanza sovrana della morfina, almeno al rallentamento. La mattina presto, nel momento in cui la scolta degli infermieri arrivava da me, avevo già incorporato i lamenti per il clistere, le manovre per il lavaggio e i prelievi di un'ottantenne infartata, la cui principale preoccupazione era di tornare a guidare l'auto, e di una signora sulla cinquantina, tetraplegica, che invano cercava di abbassarsi la camicia di notte, mentre gli infermieri la scoperchiavano, e allora io mi giravo per rispetto del suo pudore, e per la mia medesima vergogna. Poi mi misero in stanza con una signora che parlava solo in dialetto siciliano, e dal letto guardava qualsiasi cosa con astio. Una sera, mentre attendevamo la distribuzione dei medicinali – il carrello passava verso le nove e trenta – mi disse che tanto suo marito non se ne accorgeva che lei non sentiva. Fu l'unica frase pronunciata in italiano, almeno con me, insieme a qualche parolaccia. Potevo rallentare con un'altra pasticca di Lioresal, ma non c'era piú nessun velluto caldo a coprirmi, solo le lenzuola che sapevano di varechina e le spesse coperte di lana marrone. Non mi sfiorava neanche l'idea di ricostruire, fra quelle pareti verde pallido, la casa e gli affetti che mi attendevano, e quando all'improvviso l'immagine del piano di marmo del mio tavolo da cucina sostituiva quella del piano di formica rosa su cui mangiavo con posate piatto e bicchiere di plastica, la cacciavo come un intruso, mi aggrappavo alla formica per sigillarla, per trattenere tutto il suo orrore e impedire che corrompesse il resto.

Una domenica la famiglia di una ragazza ricoverata lí da diversi mesi arrivò con un enorme paniere da pic-nic, piatti di porcellana, bicchieri di vetro, pietanze cucinate con cura. Andarono fuori, in giardino, a pranzare. Credo di averli osservati con lo stesso sbalordimento e con la stessa empatia con cui si guardano i matti.

La signora siciliana non rimase poi a lungo, il suo era solo un ricovero di controllo. Il giorno in cui fu dimessa, prima di lasciare la stanza, mi regalò tre fichi. Doveva averglieli portati da casa il marito che era venuto a prenderla, lei infatti si lamentava sempre che in clinica non ci davano frutta di stagione. La ringraziai, non mi guardò in faccia, ma indicando i frutti col mento disse che erano buoni.

Nella mia stanza fu trasferita quello stesso giorno Monia, una ragazza di diciannove anni che si era schiantata in moto con il fidanzato, riportando una lesione alla quinta vertebra cervicale. Il fidanzato, che a quel punto non era piú tale, ne era uscito illeso. Monia non muoveva nemmeno le dita delle mani e per chiamare gli infermieri, non potendo suonare il campanello, le avevano installato un microfono sulla testiera del letto, verso il quale fischiava ogni volta che aveva bisogno. Al momento, tutto quello che doveva fare, lo faceva a letto. Con quella voce da viado che si ritrovava – la lesione aveva colpito anche le corde vocali – mi disse che le sarebbero tornati i movimenti. La sua non era una lesione irreversibile.

A certe ore della notte, quando i corridoi della clinica erano tutto un sibilare di macchine per l'ossigeno, affannati respiri naturali e sogni pesti, Monia mi chiedeva di alzarmi per darle un bicchiere d'acqua.

Dimentichi che anch'io non cammino, le rispondevo. Ridevamo, allora, anche delle smorfie schifate che faceva un certo infermiere, la mattina, quando spogliandola per lavarla s'impantanava nei girasoli che Monia aveva tatuati intorno al pube e all'ombelico.

Dopo due mesi, a Monia tornarono per davvero i movimenti e la sensibilità.

Alle cinque del mattino di un sabato, quando appena albeggiava e avremmo potuto dormire ancora perché di sabato non c'era l'obbligo della palestra, Monia gridò: le muovo. Guarda!

Le ginocchia avvicinate al petto, sgambettava coi piedi in aria. In seguito cominciò a camminare sbandando e appoggiandosi a un paio di stampelle. Spostava gli oggetti facendoli strisciare, perché non aveva forza nelle mani, ma era in piedi, sulle sue gambe. Dunque, pensai, qualcuno attraversava i due mondi e tornava fra i bipedi.

Mi toccò sopportare gli sguardi ammirati e invidiosi di mia madre: perché Monia sí e mia figlia no?

La mia è una lesione irreversibile, ribattevo appigliandomi a quella dolorosa oggettività. E pensavo alle radiografie della mia schiena, al midollo di un grigio piú chiaro in cui si era incuneata la vertebra rotta, la trasparenza di una visione che per me, ma non per il Dottor G che mi aveva operata, era remota e astratta come l'idea di Dio, e come il Dio flagellatore dell'Antico Testamento mi aveva punito.

La Donnagatto disegna tanti piccoli piselli, innocui membri maschili in cima ai quali fa fiorire margherite e gocce d'acqua. Potrebbe essere il fregio all'interno della porta di un gabinetto pubblico, di quelli che si vedono spesso nelle stazioni, ma anche nelle scuole o nelle palestre.

Comincio ad aver freddo, tiro fuori un golfino dalla borsa. Avrei anche voglia di qualcosa di caldo da bere. Sporgo la testa fuori dal cubicolo e vedo il distributore di bevande nel corridoio. Scrivo su un biglietto per chiedere alla Donnagatto se vuole anche lei un tè. Piegata di lato sul telefono, mi risponde con un cenno della testa. Prendo le monetine e vado al distributore, afferro il bicchiere di plastica e glielo porto, spingendo la sedia con una sola mano sbando nel corridoio stretto, dai cubicoli sento tutto un brusio di voci, come dentro un alveare. Poi torno al distributore e mi prendo un altro tè. Arriva una signora piena di anelli alle dita, i capelli ossigenati, le sopracciglia scure, scarica una lattina di Sprite, mi guarda con aria interrogativa, ma non dice niente. In effetti che ci faccio io qui?

Usignolo. U-si-gno-lo. U-signolo.
Vuoi sapere la parola che mi fa venire pensieri sexy?
Bollicine.
Come quelle dell'acqua, della schiuma del latte. Una nell'altra.
Ognuno ha la sua immaginazione.
Già. Però, è finito il tempo.
Ciao, alla prossima.

Giovanna ha completato un fiore, qualcosa tipo una violetta a cinque petali. Appoggia la penna, guarda il disegno, poi appallottola il foglio e lo getta nel cestino. Non ha mai rivelato a nessuno del suo lavoro al telefono erotico, ma non per vergogna. Era un suo spazio. Come la botola in cui ti nascondi da piccolo e t'inventi mostri che emergeranno a divorare il resto della famiglia o ladri che imbavaglieranno tutti mentre tu stai al sicuro, anche se è un posto buio umido e incerto.

Cosa c'è di sicuro in queste telefonate? La distanza, mi verrebbe da dire.

Lei comunque un altro lavoro se l'era cercato, all'ufficio di collocamento le avevano proposto diversi impieghi sempre da telefonista, a quello evidentemente serviva la sua laurea in Lingue. Allora tanto valeva che fosse lei a scegliere. Mentre beviamo il tè, un po' nauseabondo per via del troppo zucchero nei bicchierini di plastica, la Donnagatto mi dice che è iniziato tutto con delle smagliature alle calze. S'era accorta di avere un filo tirato mentre percorreva la zona universitaria e un paio di tunisini le avevano offerto del fumo. Li aveva scansati ripetendosi un mantra che le girava in testa da tempo: non aspettarsi niente dagli altri. Non chiedere aiuto. Non dipendere da nessuno. Non credere che al mondo importi qualcosa. Non credere che nemmeno a te importi qualcosa. Si era inserita nel flusso, hai presente? Quello scorrere di studentesse carine coi tacchi alti, con gli stivali al ginocchio, quelle di cui lei stessa faceva parte fino a un anno prima, il flusso delle donne che spingono il passeggino, delle neomamme sempre belle, di quelle sfiorite, di quelle che forse da giovani, dei ragazzi con l'accento meridionale e i vestiti firmati, degli uomini d'affari che attraversano la piazza parlando a un auricolare invisibile, degli anziani che si guardano intorno incerti se a cambiare siano stati loro o ciò che li circonda, poi aveva alzato lo sguardo sul lato lungo dello slargo dove troneggiava, otto metri per dieci, un cartellone pubblicitario di calze con una donna allungata sul fianco vestita solo con i collant, si era toccata le gambe e aveva trovato il buco, anzi piú di uno, da una da parte e dall'altra.

Tutti prima o poi sollevano lo sguardo verso il cartellone, si lasciano incantare dalla pelle di seta nera che invita a scorrere lungo parecchi centimetri di arti inferiori fasciati nella lycra finissima che riposa le gambe, le snellisce, le modella, le affusola, anche se fanno finta di non badarci, di non avere nessun bisogno di calze al momento, che tanto si va già verso l'estate, come non farsi ammaliare dall'idea che le gambe delle donne siano compassi che misurano la terra, un'idea che forse ha partorito un poeta, uno sceneggiatore o un pubblicitario, ma no: era un'idea di François Truffaut. Un'intuizione geniale di come i cerchi e i semicerchi invisibili disegnati sul suolo attirino dentro campi gravitazionali, sprigionati dal volume dei polpacci, dalle vene ben irrorate grazie alla pressione delle fibre di lycra, cosí che un giovane uomo, ignaro di essere caduto in uno di quei campi di attrazione, finisce con l'inciampare nella carrozzina di Giovanna, non l'aveva proprio vista, eppure non era invisibile, anzi piuttosto ingombrante. Finisce anche ad abbracciarla ma è per tenersi insieme, per aggrapparsi, anziché cadere. Poi si rialza e Giovanna controlla furtiva lo stato della sua gamba amputata e della protesi, se l'urto l'ha fatta uscire di sede, come talvolta accade, se la smagliatura nella calza si è allargata. Mi scusi, mi dispiace, perdoni la distrazione, dice l'uomo nel disagio di ammettere un errore, di essere fuori posto. Giovanna scuote la testa, come scuotesse l'aria fra di loro, la distanza che li separa. Sta bene? Come si chiama? Io sono Maurizio, e sono desolato, sul serio. Posso offrirle un caffè, qualcosa da bere?

Giovanna esita, ha pochi secondi per studiare il grado di contrizione dell'uomo che è inciampato su di lei. Ma la sua voce la precede e risponde: mi chiamo Veronica.

Per via della gentilezza eccessiva Maurizio le sembrava un venditore, forse di polizze assicurative, con quella cravatta azzurro chiaro che si confondeva alla camicia dello stesso colore, il completo di giacca e pantalone blu. Invece erano poi risultati essere servizi telefonici, come le aveva spiegato al bar, porgendole un biglietto da visita e un complimento sulla sua bella voce che suonava sincero.

Lo aveva chiamato dopo tre settimane. Tre settimane in cui non era successo niente, come nelle tre precedenti e in quelle ancora prima.

Pensaci: sei paralizzata dalla vita in giú, sei una sopravvissuta, hai cambiato pelle, abitudini, pensieri, e non succede niente. Ti senti come se ti avessero attrezzato per andare a vivere su Marte e invece niente, non succede niente, sei solo rientrata nella normalità, quella degli altri.

Tornare alla normalità. Riprendere una vita normale. Quante volte ho sentito queste espressioni, accompagnate da un'altra parola di cui tutti si riempiono la bocca e te la catapultano addosso: rieducazione. Era questa la vita alla quale il Dottor G mi aveva consegnato.

No, non era nemmeno cosí, questa vita me l'ero guadagnata sopravvivendo alle mille mani che nei mesi si erano posate su di me, inguantate di lattice, spalmate di Betadine, mani che tastavano, tiravano, premevano, piegavano. Ero sopravvissuta alle protesi, alle sonde per far defluire liquidi e non rimanerne prigioniera, alle cariche batteriche e alle tonnellate di antibiotici per debellarle.

Ma a che cosa di preciso dovevamo essere rieducati, io e gli altri ricoverati in quell'ex sanatorio, che tanto per cominciare era lontano da qualsiasi centro abitato, da qualsiasi aggregazione variabile di normalità urbana? Avevo provato a chiederlo in giro. Simone, il mio fisioterapista, mi aveva risposto che si rieducava il corpo a funzionare con una dotazione diversa. La capo infermiera che dovevamo imparare a vivere in un mondo pieno di difficoltà. Il cappellano che era un dono di Dio avere la vita, e bisognava godere di ogni suo momento. La sessuologa che il piacere poteva essere dislocato altrove che nella mera genitalità.

Altrove.

Una questione di confini. Bisognava fare delle prove. Mentre Simone, il fisioterapista che mi era stato assegnato, mi muoveva la gamba destra, gli toccai a mia volta una gamba, appoggiandoci sopra una mano. Gli chiesi subito scusa. Lui disse che potevo tenerla lí, se mi aiutava a sentire la mia. La spostai un paio di volte avanti e indietro. Erano due territori ugualmente stranieri. Il mio palmo si trovava sempre in un altrove, anche quando tornava alla stoffa sottile dei leggings che avevo addosso. Dunque ciò che era stato mio adesso non lo era piú, non al tatto.

Da un materasso antidecubito all'altro, quando le sedie a rotelle stavano accostate ai letti, simili a grosse locuste addormentate, la palestra di fisioterapia mi appariva come un limbo dal quale la gente aspettava di essere portata via, ma anche l'unico contenitore di quella trasformazione fisica che aveva stravolto tante vite. Lí almeno c'era un neurologo pronto a spiegare a ciascuno il perché delle sue disfunzioni, diverse caso per caso, e diversamente percepite. Lí c'erano fisioterapisti chini come amanti sui loro pazienti. Enormi vetrate sui campi scuri di granoturco, la radio in sottofondo, presente e remota come il mondo degli altri. Quello era un posto speciale che ci faceva sentire tutta intera la nostra specialità. Per quanto di continuo ci venisse ripetuto che ci preparavano a tornare alla vita normale, parole difficili, dal suono esotico, blandivano i nostri demoni: se ti eri rotto la schiena avevi una mielolesione, se faticavi a ricomporre il perimetro del tuo corpo era per via della perdita di sensibilità propriocettiva, se i muscoli non rispondevano era colpa delle deafferentazioni. Poi però dovevi affrontare i soliti problemi: se la pressione scendeva al punto da darti vertigini ogni volta che provavi ad alzarti, era perché dovevi passare meno tempo sdraiato, se la vescica non rispondeva era perché non stavi abbastanza in piedi sull'attrezzo meccanico che ti consentiva di farlo, o perché avevi un'infezione, e mai avresti immaginato che il tuo corpo fosse un tale intrico di connessioni tutte dipendenti da quei benedetti neurotrasmettitori danneggiati impazziti decaduti e sommersi da molecole nocicettive, come gli dèi dell'Olimpo attaccati dai Titani. Altro che normalità, questa era la guerra quotidiana.

Afferro il polso libero della Donnagatto e le dico piano: perché?

Ma certo che sei fantastico. Fantastico.
I miei denti?
Grandi, un po' distanziati quelli nel mezzo.
Sdraiati. Vengo verso di te. Sono in piedi sopra di te.

Chi chiama ha paura della realtà. Vuole evitare i pericoli del confronto e della contaminazione fisica. Lo smacco del proprio corpo che non è come dovrebbe, o di quello dell'altro che potrebbe non rivelarsi all'altezza a sua volta. Ci sono migliaia di video e filmini in rete, ma non bastano. Per quanto lontane dalla realtà, immerse in una irrealtà attraversata da paure e ossessioni, queste persone hanno ancora bisogno di un piccolo scarto di imprevisto che non può venire dai filmini e dalle immagini porno che trovano sul web. Vogliono una storia per sé. Anche se dura solo sei o dodici minuti.

Vorrebbero abbandonarsi, ma ne sono capaci solo a certe condizioni, farsi dominare da una voce, spremerla, succhiarne la vita, accettare che s'insinui nella memoria e crei una nicchia di mistero, questo è il massimo che riescono a fare. Giovanna si sente padrona di quel loro tempo. Stanno pagando e pregando per lei e questo la risarcisce di tutte le volte in cui deve subire gli sguardi valutativi che la ritagliano via, di tutte le volte in cui deve chiedere per ottenere ciò che le sarebbe dovuto, ciò che gli altri hanno senza dover chiedere.

Poi c'è la questione della fiducia, al buio o cieca, come si suol dire. Loro si fidano, seguono la sua voce e ci credono. Lei non ha i denti distanziati al centro, e questo sarebbe il meno.

La Donnagatto va verso la finestra e la apre con fare energico, in effetti nel cubicolo si soffoca, e lei ci si muove come dentro un'arena, quasi che a ogni telefonata dovesse confermare il proprio primato, come un lottatore a ogni incontro.

Perché ne ho avuto bisogno. Ecco perché, mi dice.

Mi scosto un poco dal tavolo, vedo il cestino dei rifiuti già pieno di tre o quattro fogli disegnati e appallottolati. La Donnagatto arretra verso il muro, le ci vuole poco perché lo spazio è minuscolo, un giro di ruota appena, e inizia a fare dei sollevamenti puntando con le mani e gli avambracci sulle spondine della sedia a rotelle. Un esercizio che avevano insegnato anche a me, serve a scaricare la schiena se si passano tante ore seduti, e allevia la pressione sugli ischi. Ai bambini piccoli, quando guadagnano la stazione eretta, non si insegna a camminare, li si sostiene per un po', tenendoli per mano finché non acquistano sicurezza, e come per magia a un certo momento si staccano e vanno da soli. Poi ognuno col tempo sviluppa una sua camminata, un suo modo di dondolare il peso, di appoggiare i piedi. A noi invece avevano insegnato a compiere gesti che erano uguali per tutti, che lasciavano ben poco all'interpretazione personale.

Mentre la Donnagatto conta dieci di quei sollevamenti, con forti inspirazioni e altrettante espirazioni, mi prende un fastidio estremo, vorrei dirle: piantala. Ma prima che possa aprire bocca lei mi raggiunge e mi raddrizza. Hai il bacino ruotato, dice, ma per il resto sei perfetta, e mi stringe forte le spalle. Quella stretta s'incunea fra le scapole, sento quanta chiusura mi separa dal mondo e da lei, e capisco che c'è un'infinità di amore alla quale non attingiamo mai.

Anche Adriana, una fisioterapista dell'unità spinale, mi aveva stretta cosí. Adriana insegnava a compiere i gesti giusti per spostarsi da una superficie che poteva essere un letto o la tazza del water alla carrozzina e viceversa, i gesti per vestirsi, girare le gambe da sdraiati, infilarsi le scarpe, raccogliere un oggetto caduto, impennare davanti a un piccolo gradino, impugnare un cucchiaio, una forchetta, una penna. C'erano pazienti che avevano compromesso anche l'uso delle mani, oltre a quello delle gambe. Adriana era specializzata nel trovare una maniera alternativa per eseguire molti degli automatismi quotidiani che, da paralizzati, tali non erano piú. Mi piacevano i suoi modi diretti, perfino bruschi.

Ero andata a trovarla un pomeriggio, quando la luce dimessa d'inizio autunno sagomava un trapezio sul muro dei bagni della palestra dell'unità spinale dove Adriana stava lavando una sedia a rotelle per un nuovo paziente. Mi ero fermata sulla porta, per scolpire meglio il momento in cui anche la mia, quella sui cui sedevo da un paio di mesi, era stata preparata dopo che chissà quanti altri ammalati vi erano transitati sopra. Aveva tolto il cuscino e separato la copertura dall'interno, lo aveva lavato nel grosso lavabo d'acciaio con un detersivo al profumo di lavanda. Aveva poi estratto le ruote dai perni, passato con un panno di daino i raggi e piazzato direttamente sotto la doccia a pavimento la carrozzeria, facendo scorrere l'acqua e insaponando i tubi e la scocca. Infine l'aveva asciugata con la pelle di daino e aveva fatto scorrere un qualche tipo di lubrificante sugli ingranaggi delle ruote grandi e di quelle piccole. Per il cuscino invece bisognava aspettare che si asciugasse, probabilmente fino al giorno dopo. Nel frattempo avevamo chiacchierato. Non mi aveva risparmiato un commento sulla ricrescita dei capelli: era ora di rifarmi la tinta, quando fossi uscita in permesso, oppure potevo prenotare un appuntamento, c'era una parrucchiera che veniva ogni settimana all'unità spinale, ed era pure economica. Che ci fosse, lo sapevo, ma il risultato del colore su un paio di altre pazienti mi aveva sempre fatto desistere dal proposito di servirmene. Mi mancavano solo dei riflessi color lampone in testa.

Adriana mi aveva stretto forte le spalle, come a farmi capire che lí c'era tutta l'energia che possedevo e che su quella avrei dovuto fare affidamento.

Mi avrebbero dimessa di lí a pochi giorni, e perfino l'odore prevedibile delle pietanze del pasto serale che sentivo trasportate sui carrelli dal piano inferiore – si avvicinavano le 18 – poteva essere allontanato, relegato già allo stato di ricordo inerte. Di lí a poco speravo di essere libera, almeno di non dover piú mangiare alle sei di pomeriggio, in uno stanzone con le finestre troppo alte per vedere fuori, con posate e piatti di plastica, quei cibi di cosí scarso sapore che pure, assicurava uno dei medici, erano appositamente scelti per le loro proprietà organolettiche. Appositamente.

Prima che me ne andassi Simone, il fisioterapista che mi aveva seguita per tutti quei mesi, m'invitò a uscire, con un permesso speciale. Mi sentivo a mio agio davanti a quella proposta. Avevamo passato tanto tempo insieme, semisdraiati su un lettino ortopedico, lui in piedi sopra di me a tirare le mie gambe, spostare i fianchi per riallineare spalle e bacino, che trovavo liberatoria l'idea di condividere con lui uno spazio fuori dalle mura dell'ex sanatorio.

Era venuto a prendermi dopo essere rientrato a casa a cambiarsi, vestito come io non lo vedevo mai. In jeans e camicia blu di cotone, con i mocassini anziché le scarpe da ginnastica. Io avevo messo una tuta pulita, e il rossetto, non avevo nient'altro nell'armadio.

Mentre mangiavamo la pizza in una trattoria piuttosto affollata Simone mi disse che ero stata una paziente molto brava e coraggiosa e che gli sarei mancata, non erano tutti cosí.

Sentii la corazza che indossavo farsi fragile come un guscio d'uovo. Cominciava l'addio o una fase diversa del nostro rapporto, cosa avevamo fatto fino a quel momento?

Quando arrivammo al gelato alla crema di zabaione, gli dissi che potevamo rivederci, magari poteva venire a trovare me e la mia famiglia.

Magari, rispose Simone.

All'uscita della trattoria ci furono di nuovo quegli sguardi anonimi, simili a punture di spilli, che ci avevano accompagnato anche all'ingresso. Avevo paura di sgretolarmi come certi corpi imbalsamati, tenuti lontano dall'aria, che al primo contatto con l'ossigeno diventano coriandoli di cenere.

Simone mi riaccompagnò in clinica, si sforzava di rendere casuale nelle parole il tempo del commiato e io lo aiutavo. Cosa farai dopo. Quando vai in vacanza. Sai cosa ho letto ultimamente.

Mentre aspettavo l'ascensore vidi però che entrava nella luce blu della portineria e timbrava il cartellino. Dunque, io ero solo lavoro per lui. Forse appena piú piacevole che avere a che fare con un obeso infartato, ma pur sempre lavoro: aveva timbrato il cartellino.

Quando mi raggiunse e mi chiese se volevo che mi scortasse fino alla camera, gli risposi che non ce n'era bisogno.

Potevamo salutarci lí. Gli allungai la mano tesa. Simone si fece avanti, gli dissi arrivederci. Lui indietreggiò: be', allora, ciao.

Ciao.

Sai, la storia dei denti, mi dice la Donnagatto ridendosela e scartocciando una caramella, funziona sempre: agli uomini piacciono quelle con un sorriso tipo Vanessa Paradis.

Vorresti incontrarmi dal vivo? Non è possibile.
No, non sarebbe meglio, credimi. Ti devo salutare.

La Donnagatto si è tolta la protesi e l'ha appoggiata sulla scrivania. Ci tamburella sopra con le dita. A volte fra una telefonata e l'altra passano diversi minuti in cui avrebbe il tempo di riposare la voce.

Invece parla con me, mi chiede e mi racconta, cose mai raccontate prima.

All'inizio si era sentita una giustiziera, una vendicatrice di tutti i torti patiti, della dittatura della salute, dei corpi perfetti. Il mondo era un'immensa smagliatura. La sua, la mia, erano solo piú oggettivate e visibili, ma quanti strappi, quante lacerazioni la gente si portava dentro, nonostante andasse in palestra, nonostante indossasse collant che snellivano le gambe a ogni passo calcato. Scoprirlo le aveva procurato una soddisfazione bulimica, doveva aumentarne sempre di piú la dose.

Essere padrona delle illusioni dei molti uomini e di alcune donne che telefonavano, e per sei o dodici minuti chiedevano che lei sagomasse l'inesistente, la faceva sentire superiore, la rimetteva in pari con il mondo dei sani. Perché – tanto valeva ammetterlo – circolava una grande ipocrisia che andava sotto il nome di libertà interiore. Vai a dirlo ai prigionieri politici, ai torturati, agli oppressi di ogni nome e nazione, vieni a dirlo a me – esclamò – indicando con entrambe le mani le gambe, quella intera e quella monca dal ginocchio in giú. La libertà interiore è un concetto bellissimo finché lo incontri nei libri, specie in quelli di filosofia, poi però ti rendi conto che la libertà viene sempre da una lotta contro gli altri, contro te stesso, contro gli appetiti e i limiti. I limiti che da ogni parte ti sovrastano. Allora forse, a pancia piena e desideri saziati, uno può anche dire di sentirsi libero interiormente. Ma, per il resto, di libertà ce n'è sempre poca. E pensaci: tutti rinunciamo alla libertà senza fare troppe storie, quando si tratta di sopravvivere.

Notai che da un paio di minuti il telefono aveva smesso di suonare, come se in segreto assecondasse il lungo discorso della Donnagatto, che non era ancora finito e che lei riprese, subito dopo aver bevuto un sorso d'acqua dalla bottiglietta tenuta in borsa.

Suo padre, ad esempio, era uno che di quell'espressione s'era riempito la bocca, specie nei primi tempi.

Durante il viaggio in auto, di ritorno a casa, dopo la dimissione dall'unità spinale, mentre la gamba intera ondeggiava da una parte e dall'altra del sedile e quella monca sussultava flaccida a ogni buca o frenata, tanto che lei si sentiva come un'alga trasportata dalla corrente, le aveva tenuto una specie di orazione sul dovere morale che lei aveva di non lasciarsi andare, di tenere fede ai propri valori, perché libertà non voleva dire solo poter camminare, quanta gente era libera di farlo ovunque volesse e non per questo era libera, ma schiava di mille ricatti, di mille fisime. Prendi i soldi, ad esempio: per molti sono una fissazione, non riescono a pensare ad altro, a godersi la vita, anche se sono perfettamente camminanti. Per un po' lei l'aveva lasciato dire, poi aveva obbiettato che non si poteva prescindere dalle condizioni materiali, cosí, alla leggera. Per avere una vita dignitosa i soldi ci volevano, eccome, per non parlare del resto. E d'altra parte non era semplice definire ciò che rendeva liberi gli esseri umani, ma di certo partire svantaggiati rispetto alla dotazione che gli altri avevano non era auspicabile per nessuno. In fondo se c'era tanta disuguaglianza sociale era anche a causa di quello.

Suo padre aveva ribattuto che allora anche la bellezza era discriminatoria, c'era chi ce l'aveva in abbondanza e chi neanche un po'. Forse per questo i brutti erano meno liberi?

Pensando a certe sue compagne di liceo tutto fuorché avvenenti e a quanto si fossero date da fare per avere un fidanzato, ottenendo lo status ambito di accompagnate magari ben prima di lei, non avrebbe saputo dire se fosse stato uno sforzo che non aveva dovuto affrontare, dal quale dunque era stata piú libera. Ma era stufa di parlare in astratto e l'aveva detto a suo padre, rimanendo poi in silenzio per il resto del tragitto.

Una volta a casa, dalla sua stanza, allestita temporaneamente nel soggiorno, attraverso la porta aperta, aveva sentito il padre dire alla madre: uno ha fatto di tutto per tirare su un figlio sano e poi te lo rovinano. Ma non le era arrivata la risposta della madre, per via del rumore di piatti della cucina, dello sfrigolio delle cotolette nella padella, delle sedie spostate sul pavimento e, in sottofondo, del vociare continuo della televisione, del telegiornale della sera. La vita nel suo inanellarsi di azioni e funzioni per tenere in ordine uno spazio costruito, ammobiliato, per riempire lo stomaco e alimentare i corpi, per tenere collegata la mente al resto del mondo tramite uno schermo. Che cosa piccola, poco solenne eppure sicura e tutelata era l'esistenza moderna, nei Paesi dove si curavano i malati, si rianimavano i morenti, si mettevano le persone in sedia a rotelle, anziché abbandonarle nel bosco, preda delle fiere, come succedeva nei posti dove i demoni contavano piú dei medici e la selezione della vita si nutriva di superstizione e bisogno. Ci avevo mai pensato?

Ci pensavo quasi tutti giorni, a dire il vero. Per quanto fossi immersa in una quotidianità in cui non mancavano l'affetto e le dolcezze familiari, il bosco me lo portavo sempre dietro.

Poco prima di uscire quella sera stessa, mentre mi vestivo stando sul letto, avevo afferrato una pietra riportata da una vacanza al mare di molti anni prima e rimasta come fermacarte sul comodino. Era liscia, con striature regolari grigie alternate a fasce bianche granulose. L'avevo fatta scivolare sulle gambe che avevo appoggiato con la pianta del piede al muro, il sasso tondo era sceso dal ginocchio verso l'incavo del ventre. Arrivato sopra la cintura ne avevo avvertito finalmente il peso e il freddo. Ma prima, per tutto il tempo in cui la sua superficie aveva slittato sulla pelle della gamba, sul dosso del ginocchio e della parte superiore della coscia, dove erano stati o cosa erano stati il sasso e la pelle? All'estraneità del sasso ero abituata: era l'estraneità del fuori, del mondo. Ma alla estraneità della mia pelle, che non faceva piú da schermo e da mediazione con le vene che stavano sotto, i tendini, i muscoli, le ossa, il sangue e infine la mente, a quella non mi sarei mai abituata.

Il sasso e la pelle erano entrambi freddi, insensibili, uniti nello stesso destino di materia che aspetta di essere animata percepita e perdonata, perché solo ciò che sente, e si sente, può essere perdonato, può provare la colpa di essersi separato, di avere una vita propria. Tutto il resto non sa nemmeno di esistere, anche se esiste. Ma neanche questo probabilmente è del tutto vero: l'erba, gli alberi, perfino i sassi e qualsiasi altro microscopico elemento sembrano registrare una vibrazione interna verso l'esterno e viceversa; anche quello che appare fermo e immobile è in verità un pullulare di oscillazioni, di spostamenti e curvature, se è vero che dove c'è massa c'è energia, spazio che si forgia. Le gambe, i piedi, l'anca e il bacino fino alla cintola sfuggivano alla presa delle mie parole, come se fossero stati riassorbiti dalla natura, da quello stato primario in cui tutto assomiglia a tutto. Affacciarmi su quella neutralità indistinta mi riempiva di panico. Le mie gambe erano, ma non diversamente dal muro, dal sasso. Erano, ma non facevano piú di me la persona che ero solita essere stata. Se pensavo, e mi veniva facile pensarlo nella familiarità della camera da letto: adesso mi alzo e chiudo la porta, inciampavo nel fatto che avrei dovuto sollevare la schiena, trascinare le gambe e strisciare sul materasso, immonda come tutti gli esseri che strisciano. Immondi forse proprio perché cosí vicini all'inizio in cui ogni cosa è indistinta e non esiste colpa, non esiste separazione, ma forse nemmeno sentire, nemmeno gioire.

Si dice che il corpo in cui abitiamo non ci corrisponda mai del tutto, o che non sia mai del tutto in sintonia con l'attività della mente. Ma dove e come si è originata questa divisione cara alla metafisica di ogni tempo? Togli il corpo e la mente cosa sa? Una volta perso il flusso di informazioni che veniva da tre quarti del mio corpo in un linguaggio comprensibile, come sopravvivere al rumore di fondo di quella materia scollegata?

Tutto ciò che avevo accatastato sulle mie gambe in trent'anni di vita, una storia breve ma già un'archeologia, dove lo mettevo adesso? Non ero riuscita a immaginare una normalità possibile, ma lo stato d'allerta perenne del bosco.

Il mondo è assai piú vasto e in movimento di quanto non sembri, dice la Donnagatto interrompendo i miei pensieri, e lei alla normalità ha smesso di credere da un pezzo.

Dunque non vuoi? Cioè, vuoi solo piangere.

In effetti anche a piangere c'è un certo gusto, se ne hai bisogno.

Fai pure. Sfogati.

Però non annegare nelle lacrime.

Giovanna ha abbassato la voce come se il vento l'avesse piegata. Il godimento della propria solitudine che godimento è se c'è qualcuno che ti consola? Forse è proprio a quel punto che si comincia a risalire, a tirare fiato: se qualcuno ti ascolta.

La Donnagatto dice che le è capitato moltissime volte di ascoltare clienti che finivano in lacrime. La faceva sentire utile. A volte per piangere è indispensabile avere qualcuno con cui farlo. Ancor meglio se dopo non lo devi guardare in faccia, non ci devi vivere o lavorare insieme. Quindi al telefono per alcuni è perfetto. Per quelli che si vergognano della propria vulnerabilità al punto da diventare vigliacchi e avere bisogno di nascondersi. Aggiunge, dopo averci pensato su: all'inizio credo di averlo scelto, questo lavoro, perché era collegato a una certa idea di sporcizia o di oscurità che mi ero fatta, che tutti si fanno, e probabilmente con qualche ragione. Solo se sei immondo puoi aspirare alla redenzione. Ma, alla fine, è solo la mia voce.

La Donnagatto ha detto è solo la mia voce come io avevo detto che forse non m'importava cosí tanto di scrivere. Sto per farglielo notare quando arriva un'altra chiamata e lei risponde: sí?, in quella maniera invitante, interrogativa e svagata delle attrici nei film che guardavo da piccola.

Intorno ai nove-dieci anni, quando ancora vivevo in quel tardo crepuscolo rurale che era il mondo dei miei nonni, ho conosciuto la cattiveria del gruppo, in cui tutti sono tentati dalla voglia di emergere, facendo di testa propria, poi però finiscono per imitare solo il piú forte. La cattiveria si manifestava, come sarebbe stato in seguito tra gli adulti, nel parlar male degli altri, facendone risaltare difetti e mancanze. A parlare ci vuol poco, altro è dare seguito alle parole, cosí un giorno io decisi di passare all'azione, sempre perché in qualche modo volevo primeggiare e distinguermi.

C'era una bambina, Barbara, che aveva una netta propensione per le fantasie romantiche. Si era convinta, ad esempio, che prima o poi le sarebbe toccato qualcosa di speciale, tipo trovare un fidanzato nobile, bello e ricco, con tanto di cavalli bianchi e castelli fatati. Era o non era ora di riportarla alla realtà? Mi avevano da poco regalato un mangianastri che era anche registratore, sul quale incisi una lettera scritta fingendo di essere una sua ammiratrice nascosta, aristocratica e desiderosa di incontrarla di persona. Le feci arrivare la cassetta registrata dentro un sacchetto di cellophane nella buca della posta. Abitava non tanto distante e ci ero andata in bicicletta, all'ora di pranzo, sperando che nessuno mi notasse. Contemporaneamente avvisai gli altri della banda, durante il ritrovo pomeridiano sul sagrato della chiesa, di quello che avevo architettato e dissi che dovevano chiedere a Barbara se aveva ricevuto posta. Cosa che fecero e che rese Barbara lusingata e smarrita. Ci invitò a casa sua per ascoltare la cassetta. Con una certa sorpresa da parte mia l'ascolto, invece di offrire l'occasione per prendere in giro la creduloneria di Barbara, creò una situazione ambigua: non solo lei, ma neanche gli altri riconoscevano la mia voce. Non so se per prolungare l'inganno o per fare un ulteriore dispetto davanti alla mia dichiarazione – l'ho registrata io, protestavo – tutti negavano e dicevano che quella di sicuro non poteva essere la mia voce. Eppure. Certo, nella camera in penombra di Barbara avevo avuto anche io un'esitazione, ascoltandomi. Da quando in qua suonavo cosí zuccherosa e traditora?

Mi è sempre piaciuto moltissimo rispondere al telefono, prendere le chiamate dei miei genitori e immaginare chi fosse il proprietario o la proprietaria di quella voce, che corpo e che fattezze avesse, se si trattava di qualcuno che non conoscevo di persona. Ma anche modellare la mia voce, modificarla, con inflessioni, accenti e cadenze. La scimmia mimetica che è in me ha sempre provato piacere nel diventare qualcun altro forgiando la voce. È un po' come scherzare col fuoco, non c'è niente di piú insidioso del pensarsi disincarnati: si finisce nella trappola delle proprie frasi.

La ninfa Eco venne punita da Giunone per le sue troppe chiacchiere e ridotta a ripetere solo le ultime parole altrui. Dopo essersi innamorata di Narciso ed essere stata respinta da lui si nascose in una grotta. Consumata d'amore e vergogna, diventò ossa, diventò pietra risonante.

Anche la Donnagatto – me ne accorgo ora – al telefono risuona come una pietra.

Non porto i collant e ho i piedi nudi, li ho appena tolti da un paio di scarpe rosse, tacco medio, punta rotonda. Odio le punte triangolari. Vuoi che ti faccia il solletico con le dita dei piedi?

D'accordo, conto fino a dieci, se è questo che vuoi.

Ma come, non sai che anche il principe azzurro era un gran feticista? Dei piedi.

L'assolutezza del desiderio costruisce e disfa il mondo, le persone. Desideri e ti senti vivo. Smetti di desiderare e perdi vita. I buddhisti sono convinti del contrario e la Donnagatto, che pure vuole la vita a tutti i costi, sa che il desiderio consuma i corpi, li disintegra e li spoglia presto o tardi del valore che ci fa andare oltre la nostra pelle per volere quella altrui. Forse è quello che qualcuno chiama l'usura del tempo o dell'abitudine. Fidati, anche Kate Moss, se tu ce l'avessi a disposizione tutti i giorni, rivelerebbe le sue magagnette, una quantità di imperfezioni, di cose da niente che poi finiscono per diventare insopportabili, mi dice, mentre armeggia col filo del telefono come se fosse la coda di un felino. E la sua voce m'impone di chiudere gli occhi, di aggrapparmi a quella melodia che non può essere consumata, si ricrea di continuo nelle trame della fantasia, come Dio si ricrea nelle lodi della preghiera. Come i corpi dei ballerini che cancellano il peso e la gravità infrangendo le regole che li hanno fatti terrestri.

La Donnagatto non ci stava nel recinto della propria gamba troncata, del filo spinato elettrico che serpeggiava sotto la sua lesione. All'una di notte, nel chiuso di linee telefoniche sovraccariche, quando niente di preciso sta accadendo eppure migliaia di esseri comunicano fra di loro a distanza, provocando e prendendo piacere, molte illusioni sono pronte a disfarsi e a migrare altrove come stormi di uccelli: le cellule staminali che mia madre evocava cosí spesso, la guarigione completa che mi avrebbe fatto tornare con le gambe dritte e falcanti come quelle delle bambole di mia figlia, quella me stessa che saltellava senza ragione, e per questo felice, su un marciapiede qualsiasi, come farebbe chiunque.

Riapro gli occhi e osservo la Donnagatto con un misto di attrazione e repulsione, come avevo osservato il pesce tetrapodo ricavato dal fossile chiamato Tiktaalik, l'antenato della conquista del cammino. A essere sincera è stanca di tutta quella storia, dice indicando il telefono. All'inizio era stato come salire su un palcoscenico e sentire l'attenzione degli occhi che ti bevono nel buio, nel silenzio che è per ascoltare solo te, oppure, al contrario, stare nel chiuso del confessionale, dove puoi riversare i peccati e aspirare all'assoluzione. Ma adesso non sopporta il fatto di non riuscire piú a dimenticarsi niente, ogni cosa è verissima. Anche se delle persone che chiamano sente solo la voce, e per poco tempo, è come se le avesse davanti in ogni momento. Per strada le pare di incontrarle. Sente voci che le sembrano quelle ascoltate dentro l'apparecchio telefonico, le sono entrate in testa. Una volta la rendeva euforica gonfiare l'illusione di chi chiamava, modellare il desiderio attraverso dettagli di storie che inventava senza sosta. Ora non riusciva piú a liberarsene: il tizio che piangeva perché la moglie l'aveva lasciato prosciugandogli il conto in banca, quello che non riusciva piú ad avere rapporti con la fidanzata perché lei lo aveva tradito con il migliore amico, quello che la insultava e allora lei riattaccava subito, quello che voleva essere insultato, e anche in questo caso lei riattaccava, quello che le rivelava di avere una menomazione fisica e, potendo, lei non gli avrebbe fatto pagare il servizio. Con questi, a dire il vero, si sentiva in colpa come se stesse facendo un gioco poco pulito, e d'altronde né lei né loro, i clienti, erano lí per dirsi la verità, anzi proprio il contrario. Comunque non era la colpa a pesarle piú di tutto. Piuttosto il fatto che piano piano erano diventate reali, le voci dall'altra parte del telefono.

Non bisogna assolutamente pensarci, quando stacchi dal turno, alle voci. Invece.

Giovanna appoggia il telefono in maniera che non possa suonare.

Tu-tu-tu-tu-tu-tu-tu-tu-tu-tu-tu.

La cornetta sdraiata sul piano della piccola scrivania rimanda il suo tubare monotono. Mi domando per quanto tempo Giovanna possa farlo senza venire intercettata da chi controlla le linee, perché anche qui ci sarà pure qualcuno che controlla, o no?

Poi mi accorgo di un'altra urgenza, e le chiedo dove sia un servizio igienico. Giovanna mi dice che è in fondo al corridoio a destra, poco oltre il distributore di bibite. Mi precipito.

La sonda in lattice, lubrificata con l'acqua, è entrata nell'uretra e il getto che ne è sprizzato mi ha dato subito sollievo. Ancora poco e me la facevo addosso. Ci penso ogni volta, ogni giorno: senza queste ingegnose protesi io morirei. Il bagno attrezzato è ingombro di scope, stracci maleodoranti e fustini di detergenti, ma almeno esiste. Giovanna ne aveva fatto una condizione per accettare il lavoro, che ci fosse un bagno adeguato.

Quando aveva richiamato Maurizio, e si erano rivisti, lui le aveva detto che nella sua azienda ci si occupava di tutto: tarocchi, televendite, assistenza psicologica. Le aveva chiesto all'improvviso di che segno fosse. Sagittario. Ma questo che c'entrava? C'entrava tutto poco, in generale. Era così, giusto per fare conversazione. Comunque lei aveva una voce da Sagittario. Non voleva per caso farle credere che per assumere nella sua azienda chiedeva il segno zodiacale? A volte, capitava.

Maurizio non aveva dato l'impressione di essere stupito quando lei si era rifatta viva, chissà quante ne vedeva di giovani donne e meno giovani, laureate e disoccupate, oppure solo disoccupate con la fronte segnata da una ruga di assillo, da un orizzonte troppo basso. Di certo lui non faceva distinzioni davanti a una sedia a rotelle, tanto al lavoro stavano tutte sedute. Le aveva spiegato che al momento erano liberi un posto per i tarocchi nella fascia oraria pomeridiana, ma bisognava avere un minimo di esperienza con le carte, oppure un posto nel servizio della hot line notturna. Lei aveva una bellissima voce e questo era un vantaggio. Ovviamente poteva fare qualche serata di apprendistato, prima di decidere. Il luogo di lavoro era appena fuori città, ma si poteva considerare una zona tranquilla.

La Donnagatto pensò che fosse meglio provare, cioè osservare qualcuno che quel lavoro già lo faceva, prima di accettare. Le era capitata Eleonora, una signora di mezza età di origine brasiliana. Di giorno studiava per rifare gli esami di Ostetricia, possedeva già il diploma del suo Paese d'origine, ma non era riconosciuto in Italia. Di notte si guadagnava da vivere col telefono. A lei Giovanna doveva alcune istruzioni fondamentali: tagliare corto con chi minacciava urlava imprecava dall'altra parte della cornetta. Idem con chi insinuava contatti piú o meno verificabili con la vita reale. Tenere sempre qualche pacchetto di caramelle e chewing gum a portata di mano. Bere un bicchiere di acqua tiepida al limone e miele prima di mettersi al telefono, per curare la voce. Disinfettare scrivania, telefono e maniglie con l'Amuchina. Come se poi questo servisse a disinfettare le parole, l'aria, i pensieri.

All'inizio, Giovanna si era attenuta agli schemi dei dialoghi stampati e infilati dentro le carpette di plastica, poi aveva preso confidenza. Le era capitato di eccitarsi durante qualche telefonata, ma era una cosa tutta mentale. La prima sera di lavoro era rimasta colpita da un tizio che lamentava un forte dolore fisico, al trigemino. Le aveva detto che quello era l'unico mezzo per rilassarsi. Era stato molto gentile, si era quasi scusato, dalla voce le era parso anziano, ma va' a sapere. L'aveva chiamata il suo angelo. Altre telefonate erano andate meno bene. Aveva provato un'agitazione che non l'aiutava. Lei non voleva uscire di lí piú debole, un lavoro è un lavoro, non voleva considerarlo altrimenti.

E adesso?, le chiedo.

La Donnagatto alza le spalle, all'improvviso scocciata, forse anche delle nostre chiacchiere, rimette la cornetta al suo posto, s'infila con il consueto colpo secco la protesi sul moncone e se ne va. Mi lascia lí dentro da sola. Con il telefono che potrebbe squillare da un momento all'altro.

Ho sonno e sono confusa. A che cosa sono servita, io, a questa donna, o lei a me?

Penso con risentimento al fatto che ho sacrificato una notte di sonno, non ho addormentato la mia bambina con le consuete favole, ho causato probabili preoccupazioni al mio compagno. Per che cosa?

Per girare attorno all'orrore, entrarci dentro, dominarlo, o farmi schiacciare una volta per tutte. Per dirmi che io sono meglio, sono stata piú fortunata e piú brava. Alcune frequentazioni si coltivano anche con il fine – inutile negarlo – di sentirsi migliori, per convincersi di stare meglio, o meno peggio. E nell'ammetterlo forse mi avvicinerei di piú alla verità. Quella verità che tanti anni fa era Dio, poi si è fatta ricerca di Dio, esilio da Dio, e ora quasi solo smentita. Non avessi ascoltato lo scricchiolio della neve, non avessi sostato e scavato in quella anestesia ipotermica la mattina dell'Immacolata di tanti anni fa. Avessi corso con le mie amiche a cantare le consolanti canzoni di chiesa. Ma non l'ho fatto. Sono rimasta a contemplare quello staccarsi come di ghiaccio nell'acqua, di me da me, di me dagli altri, dicendomi allora, come mi dico oggi, che si può vivere anche cosí. E per cosí intendo finché vivrò, finché avrò un corpo fisico. Poi la religione con cui sono cresciuta, e che in qualche modo ha continuato ad alimentare le mie fantasie, dice che dovrei risorgere con questo corpo, il che mi pare inaccettabile. Già non so nemmeno spiegarmi perché debba vivere dentro un corpo mezzo morto, assistendo da giovane a quel degrado e distacco che in genere arriva graduale e in vecchiaia. Casomai, vorrei un corpo nuovo e sano, come certi che mi passano di fianco e mi fanno percepire quanto l'essere vivi e sani sia una cosa sottovalutata e immensa. Però in genere le religioni si dimenticano in fretta dei corpi e finiscono a parlare di anime risorte, e allora vorrei capire il perché delle tribolazioni della materia se poi tutto deve risolversi in spirito. Per dare un senso all'esistere le religioni prevedono regolarmente un *dopo* libero dai ceppi della fisicità. Tante, tantissime migliaia di anime, fatte di luce, fatte di aria, fatte di chissà che cosa, e addio ai corpi. Questa prospettiva, conciata come sono, ha i suoi allettamenti, ma è in un corpo e non altrove che noi conosciamo la vita.

Ciononostante dobbiamo mangiarci a vicenda, su questo pianeta, per esistere. Prima ancora della ferocia, prima ancora dell'insensatezza delle malattie e delle menomazioni, è la catena alimentare che accomuna i viventi, e li lega in una spirale senza fine, ciò di cui dovrebbe rispondere Dio, se rispondesse.

Il telefono squilla, tocco la cornetta, ma esito a sollevarla. Al quinto squillo mi lascio persuadere. Dall'altra parte sento un pronto, una pausa di respiro, impazienza e incertezza. Ascolto e non rispondo.

Parliamo delle mie gambe, se vuoi.
Sul divano è un'ottima idea.
Lascia fare a me.

Sono le due del mattino. Giovanna è rientrata e ha ripreso in mano il telefono. La sua voce ha subito un'incrinatura da cui credo non uscirà piú. Parla da ore fuori e dentro il telefono. La stanchezza l'appesantisce, ha le spalle incurvate, ma non c'è nemmeno una poltrona su cui allungarsi. Deve finire il turno. Manca mezz'ora. Dice una cosa che non mi sarei mai aspettata da lei: per sopravvivere accetti tutto, piú o meno.

Ma è vero, a un certo punto ti rendi conto che hai accettato tutto, piú o meno. Il tuo corpo, cosí com'è, non ti desta piú la curiosità continua che di solito spinge a osservarsi negli specchi, negli sguardi altrui, visto che siamo qualcosa che non vediamo mai per intero e che non possiamo mai, nemmeno per un istante, smettere di indossare. Ti vedi e ti senti da dentro, nell'indifferenza della materia, come quando in piscina pensi agli organi che galleggiano, avvolti da pellicole di epidermide che l'acqua trapassa. Ma gli altri, invece, continuano a vederti da fuori, dentro il tuo involucro menomato, e a porgerti la loro pena, la loro indifferenza, la loro invariabile distanza. Hai imparato a vedere le cose da un punto di vista ribassato, a convivere con il freddo che ti avvolge, come una coltre di neve perenne, e se ne va solo quando il termometro esterno supera i trenta gradi. Ci stai quasi bene in questo inviluppo organico che manda domande inutili all'universo. Hai imparato a convivere con l'alienazione. Sei una persona capace di desideri, di slanci e cadute, anche cosí. Gli altri la vedono sempre e solo come una disgrazia che non li tocca. Tu sai che non c'è nessun merito, e nessuna colpa, a stare dentro un corpo che si muove o dentro uno paralizzato. È stato solo il caso a decidere. Anche tu hai camminato con il tuo atavico orgoglio di bipede vertebrato, quando non ne eri nemmeno consapevole. Ma adesso susciti un senso di nudità fastidiosa: nessuno, a pensarci bene, vorrebbe vedere i propri organi galleggiare sparsi. Gli altri non sanno, e continuano a non sapere. Come quelli che chiamano questa linea erotica. Non sanno cosa sei, come senti, e d'altra parte fino in fondo non lo sai nemmeno tu. Hai solo capito che si può vivere anche cosí, sul confine.

La Donnagatto questo confine fra dentro e fuori lo attraversa di continuo con la sua voce.

Rispondi tu, mi dice, allungando l'apparecchio verso di me al nuovo squillo.

Allargo gli occhi, e faccio segno di no con la testa, ma la Donnagatto mi dice che deve andare in bagno in fretta.

Quando impugno la cornetta le mani sudano già. Mi sforzo a dire ciao allungando molto la *a*, come mi pare faccia la Donnagatto, ma il risultato deve essere ben poco invitante, perché dall'altra parte una voce sottile e sospettosa chiede: ma sei Veronica? Sto parlando con Veronica?

Nei primi tempi a casa, dopo essere uscita dalla clinica, la tentazione di farla finita era sempre a portata di mano, soprattutto nei momenti meno tragici. Mentre bagnavo le piante sul terrazzo, il vento aveva sbattuto con forza la portafinestra, separandomi dalla voce di mia madre, che continuavo a vedere gesticolante nella trasparenza dei vetri. Tenevo una mano penzoloni dalla ringhiera di ferro e mi accorgevo che era bassa. Calcolavo che se mi fossi fatta forza sulle braccia l'avrei oltrepassata e giú, per quattro piani fino a sfracassarmi al suolo, e allora, forse, la pace. Insieme al tremolio impresso dal vento alle foglie nei vasi, un'estesa dolcezza cui abbandonarsi, senza la mediazione di un pensiero, l'interruzione di un ostacolo che riportasse all'urto, alla violenza. Sarebbe stato facile, non come all'ospedale, dove l'ossessività stessa del proposito aveva irrobustito le barriere, rendendolo impraticabile. Anche provare a morire può diventare un rituale. Lo sapevo. Ma c'erano una bambina e un compagno a frenarmi. L'attenzione con cui la bambina osservava le mie manovre, memorizzandole e riproducendole appena la sedia a rotelle era libera, perché io stavo momentaneamente su un divano o su un letto, e quindi poteva impadronirsene come di un nuovo gioco, mi obbligava a esserci, ora e negli anni che sarebbero venuti. Ed era un obbligo dolce, per quanto faticoso. Se lei non disprezzava la sedia a rotelle ma la faceva sua, come potevo disprezzarla io?

Senta, deve avere sbagliato numero. Qui non c'è nessuna Veronica.

Come? Ho pagato la telefonata, non facciamo scherzi.

Sapesse che scherzo ha fatto a me la vita, non posso piú camminare e vivo su una sedia a rotelle.

Ma con chi sto parlando?

Dovrei mettere giú, avrei dovuto mettere giú fin da subito. Invece non so perché ho una gran voglia di parlare, di raccontare i fatti miei. Di assalire di parole questa voce sottile e infastidita, l'uomo che immagino dietro la voce, mezzo calvo, secco, fumatore. Magari invece è giovane e pieno di capelli.

Senta, ma lei ci ha mai fatto caso a come una persona in sedia a rotelle sale su un treno? Lasci che glielo spieghi. Prima di tutto ci sono due uomini, in giubbotto arancione o verde fosforescente, a seconda delle stazioni. Vengono a prelevarti perché spesso per arrivare al binario c'è un complicato sistema di ascensori e corridoi, regolarmente pisciati da cani e barboni. E mentre camminano spingendoti dicono agli altri di scansarsi, cosí gli altri si innervosiscono e ti guardano male, come se godessi di privilegi speciali.

E dopo, una volta sul binario, neanche lí si può stare tranquilli: arriva subito un carrello elevatore. Ti ci caricano sopra, come una bestia in gabbia. Se questo non bastasse ad attirare l'attenzione, segue un lento trascinamento in avanti o all'indietro del carrello: l'indicazione della posizione della carrozza non è quasi mai precisa. Intanto la gente si sposta lungo il marciapiede del binario, è già la seconda volta e quindi si sente legittimata a sbuffare. Le ruote cigolano, le mie quattro piú le quattro del carrello, oscillano e rendono ridicola l'intera operazione, nemmeno si trattasse di allineare una sonda nello spazio con l'orbita di un pianeta. Quando il treno arriva e si ferma, il carrello sale, dall'alto la carrozzina sovrasta i passeggeri. Di nuovo, dal basso ti guardano, adesso pure un po' impietositi o curiosi della manovra. Il carrello ruota di centottanta gradi, la pedana scende e viene rumorosamente attraccata alla porta del treno, come un ponte sui tre altissimi gradini. Tolti i freni, la sedia a rotelle scivola dentro il corpo del treno, accompagnata nel vagone di prima classe, quello con l'apertura automatica accanto al bagno. Le auguriamo buon viaggio!, dicono gli uomini del servizio e scendono veloci dal treno che sta per ripartire.

Ha presente cosa si prova, ha presente la vergogna?

Anche adesso provo vergogna, per aver urlato nel vuoto. Dall'altra parte del telefono non c'è piú nessuno da un pezzo. Spero solo che quell'uomo non faccia un reclamo, che non ci vada di mezzo la Donnagatto. A cosa mi è servito, infatti? Non c'è nessun gusto a rovesciare la rabbia nel vuoto, ti torna indietro come vento freddo e ti secca. Quando la Donnagatto rientra, mi guarda e capisce, senza che ci sia bisogno di dirsi niente.

E se ti dicessi che ho una gamba sola?
Non me lo sto inventando per farti eccitare.
Va be'. Credi quello che ti pare.

Le concessioni dell'ultima volta. Il tentativo di infrangere una maschera, rompere le regole, uscire allo scoperto. Poi il ritorno della vecchia certezza che la maschera è meglio tenerla, a questo punto mancano solo dieci minuti.

Giovanna chiude la telefonata e mi dice che si sente neutra. Se c'è qualcosa che quel lavoro le ha insegnato è a non agitarsi, tanto poi la gente crede sempre quel che vuole credere, soprattutto se paga.

Lei si sente neutra. Mi domando se si riferisca a quella condizione in cui mi ero ritrovata io, gli armadi svuotati, le scarpe con i tacchi gettate nei bidoni della spazzatura, i ricatti amorevoli e ingannatori della memoria, le fotografie, le abitudini inservibili, tutto reciso. Nella nuova vita c'era spazio solo per una forza fiduciosa, una rassegnazione mai detta, a tratti la nostalgia.

Dove ho messo la rabbia, a chi altri ho fatto, per tutto quel tempo, le assurde domande che ora faccio a lei?

La rabbia. Non credevo si notasse cosí tanto. Mi ero convinta di averla vinta e seppellita, quando avevo imparato i gesti con cui vestire la bambina, la sequenza con cui riuscivo a farla salire sulle ginocchia e a convincerla a stare immobile e seduta mentre attraversavamo le strisce pedonali, e la gente ci guardava come fossimo delle miracolate. Ma certo non si poteva scambiare la rabbia con il coraggio, alla fine rimaneva la rabbia. C'erano i neurologi e il Dottor G con cui sviscerare il tormento, con cui spingersi sul confine. Lo facevo ogni volta che me ne capitava l'occasione, piú spesso ero io a crearla. Lo faccio tuttora. Chiedo agli altri di saper vedere oltre la carrozzina su cui siedo, oltre la difficoltà che mi fa sbuffare quando sobbalzo su una strada sconnessa, o vengo ignorata perché davanti a una cassa sono tutti piú alti di me, ma in verità covo i miei mali come una tela di ragno. Con una ricorrenza sempre piú frequente, si parla di mesi ma piú spesso di settimane, i miei dolori fisici sono per me sintomo di malattie mortali. Mi spunta un herpes zoster sotto una coscia e mi convinco che le pustole non guariranno, apriranno piaghe nella carne, impedendomi di stare appoggiata alla sedia a rotelle e obbligandomi a un letto, per trasformarsi poi nella setticemia che mi finirà in cancrena. Il dermatologo mi rassicura che non sta andando e non andrà cosí, visto che ho applicato le creme appropriate e ho assunto gli antivirali del caso, allora comincio a dirottare la mia attenzione su certi ricami bianchi e rilevati che vedo spuntare sulla parte posteriore della lingua, li gratto con un cucchiaino come mi ha insegnato a fare il dentista e sospetto che siano spore di candida albicans. Con l'idea delle spore convivo un paio di giorni, quasi amichevolmente, poi una ricerca che mai avrei dovuto fare su internet mi persuade che se ho la candida in bocca è per via del fatto che il mio sistema immunitario è del tutto insufficiente, quindi o covo un tumore o magari ho l'Aids. La localizzazione del tumore è impresa ardua: l'ecografia addominale negativa è troppo recente per non darle credito, gli esami del sangue sono buoni, certo potrei averlo in testa o nei polmoni, ma non ci sono segnali. D'altro canto, se avessi preso l'Aids dal dentista o in una delle trasfusioni ospedaliere seguite all'incidente? L'ipotesi, che il mio medico esclude in maniera categorica, non si spegne nel delirio alimentato in maniera piú o meno sotterranea per almeno un anno, fino a quando non mi sottopongo a un esame specifico. La richiesta la fa sempre il mio medico, sfinito e sicuro dell'inutilità dell'esame. Mi dà retta piú che altro per tacitarmi. Davanti all'esito negativo non provo il sollievo che sarebbe dovuto, cioè in parte sí, ma non come dovrei, e mi ricordo che la cosa è partita dalla supposta candida albicans: anche quella, previo tampone in bocca, è risultata un parto della mia immaginazione. La mia lingua diventa ogni tanto piú bianca, ma questo è a causa del reflusso gastroesofageo che, di tutte le malattie da cui mi sento assalita, è l'unica accertata e acclarata da un esame endoscopico. Ed è pure, con ogni probabilità, il principale canale di sfogo della mia rabbia, della mia scontentezza. Infatti non la curo tanto, non prendo tutti gli antiacidi che dovrei, mi dico che prima o poi passerà. Invece non passa, si ripresenta con impeccabile alternanza stagionale.

Ultimamente il mio accanimento si è abbattuto sul cuore, ho avuto tachicardie violentissime nel mezzo della notte, pensando di schiantare all'istante, ed episodi piú blandi di palpitazioni diurne con dispnea. Ho il respiro corto, il cosiddetto cuore in gola, e fatico perfino a parlare. Tutto questo nei sintomi è vero e misurabile, poi però il cuore se auscultato, se sottoposto a un elettrocardiogramma e a una sonda ecografica, risulta sano, i parametri nella norma.

Se per caso la spirale sintomi strani - malattie mortali s'interrompe – è da un po' che non vai dal dottore, dice sorridendo il mio compagno – la cosa stupisce anche me. Devo tenere oliato questo meccanismo che mi consente di attivare la massima allerta, di percepire il pericolo incombente e, stavolta, farmi trovare preparata.

Ma il vero bersaglio di queste scenate è da sempre Dio: la sua o la mia impossibilità. Ho sfinito il Dottor G a furia di raccontargli con dovizia di dettagli come io non senta la pelle, se toccata ferita sfregata, ma senta il fluire formicolante del sangue sotto, la pesantezza dei muscoli inerti, le scariche elettriche incontrollate che rendono la parte sublesionale simile a un campo di esperimenti. Essere un corpo e non raggiungere una forma percettiva compiuta, è cosí che la materia senza coscienza si agita per averne una? Glielo chiedo guardando oltre le sue spalle, consapevole di alzare la posta in gioco a ogni domanda. Vagare in una specie di vuoto in cui le percezioni si disperdono anziché collidere, e non spaventarsi nemmeno piú di questo, provo a spiegargli. Non potremmo pensare alla pelle e alla coscienza come alla superficie cui arriva l'intera vita che sta sotto? Ma dove sono finita io, che con la superficie ho perso il contatto? E se è già cosí terrificante allontanarsi dall'identità corporea funzionante, cosa deve essere sprofondare nel nulla?

Lei mi fa domande metafisiche, ha commentato una volta il Dottor G. In confronto a questo continuo affannarsi, il nulla è come lasciarsi sciogliere in una crema, ha aggiunto.

È possibile che siano domande stupide, mi dico, e inutili, visto che nella migliore delle ipotesi la risposta che ricevo è no, oppure arrenditi al mistero. Ma io non mi arrendo per niente e torno alla carica: sentito, non sentito, immaginato. Come faccio a farle capire, dottore, che a un certo punto io ci sono entrata dentro, alla neutralità del mio corpo, che forse è simile a quella delle cose inanimate, dei sassi, ad esempio, che non sono per niente fermi come li si crede ma bisogna avvicinarsi moltissimo, capirli attraverso le formule chimiche e fisiche che li tengono insieme, e allora ci si accorge che anche lí la materia non sta immobile un momento, pullula e vortica nel vuoto, che è molto piú esteso del pieno. Quindi, vede, queste mie gambe che pure non sentono e sono immobili…

Succede dopo i peggiori traumi, la quotidianità riprende e ti ritrovi a vivere, anche se ti senti un alieno a te stesso, costruisci piccole o grandi forme di difesa, abnormità personalissime nelle quali puoi abitare, nelle quali la vita si rigenera.

È questa l'intelligenza della materia?

La Donnagatto mi aveva condotta nel luogo della sua abnormità, della sua sfida a Dio.

Il telefono suona subito dopo che Giovanna ha riattaccato, ma lei non risponde piú, dopo pochi squilli la telefonata viene dirottata. Qualcun altro ha iniziato il proprio turno. Giovanna si allunga verso la borsetta appesa a un gancio e tira fuori il cellulare, lo riaccende e sul display compare il corpo in volo di Roberto Bolle. Lo cancella. Poi mi dice che una volta ha avuto il sospetto che Maurizio fosse dall'altra parte del telefono, come cliente. Ma è rimasto un sospetto vago. Per quel poco che lo conosce immagina che non farebbe una cosa del genere. Del resto chi immaginerebbe il lavoro che ha fatto finora lei stessa? Sogghigna. Giovanna è proprio stanca, si vede nei lineamenti, tramati da un'ombra polverosa. Allunga sul tavolo due barrette di cereali ricoperte di cioccolato che mangiamo in silenzio, con golosità. Poi raccoglie le sue poche cose, si guarda intorno, forse dice tra sé e sé addio. Se c'è sollievo, non si vede. Da ultimo riallinea le carpette plastificate dei dialoghi. E quando siamo già in corridoio domanda: ti ho mai raccontato la prima volta, dopo l'incidente?

Era stato con un fisioterapista. Poca fantasia, dirai. Be', uno fa con quello che trova. E non era male. Bravissimo nei massaggi, sapeva sempre trovare il punto, fra scapola e trapezio, che la faceva piangere di dolore e sapeva come lenirlo. Si erano frequentati per un po' di tempo, a dire il vero non sapeva se le piacesse sul serio. Poi era successo, nell'appartamento di lui. Lei all'epoca non aveva ancora una casa sua. Lui aveva un corpo cosí pulito, muscoloso. Ma pulito non intendo in senso fisico, era come se si potesse attraversare.

E com'è stato?

Come galleggiare.

La Donnagatto dice altre cose. Sono confidenze femminili, di un'ora tardissima, in un luogo irreale che stiamo lasciando, chiudendoci la porta alle spalle.

Mi appendo a quell'infinito: galleggiare. E ripenso alla sospensione pullulante di percezioni minute che non formano una mappa e mai collidono, e a tutto questo cosí dolce, cosí lontano, dell'amore umano.

Alle tre del mattino, quando ci ritrovammo fuori dal capannone del call center, c'era un buio che mi parve piú denso di quando eravamo entrate, forse perché nel frattempo altre luci negli edifici e altre insegne luminose erano state spente. La curva del sonno racchiudeva la città e le strade, noi due in quel parcheggio spettrale sembravamo equilibriste rimaste a gingillarsi sulla corda quando lo spettacolo è ormai finito, il pubblico disperso.

La stanchezza ci spingeva in una debole allerta ai rumori, ai movimenti. Dovevamo comunque tornare a casa di Giovanna, dove avevo lasciato la mia auto. Anche sull'autostrada, che per un tratto sfilava di fianco alla statale che percorrevamo, grandi intervalli di silenzio erano calati fra il passaggio di una macchina e l'altra.

Durante il tragitto, che pure era breve, avevo timore che la Donnagatto si addormentasse al volante, tanto mi pareva sfinita. Quando fummo davanti al suo cancello insisté, invece, perché entrassi e bevessimo qualcosa insieme. Puoi anche stenderti sul divano, se vuoi, aggiunse e mi parve l'invito piú sensato che potesse farmi.

Accese solo una piccola lampada da tavolo e il cono di luce proiettato andò a lambire le fotografie. Mi sentivo dentro uno spazio opprimente con tutti quei corpi danzanti appesi, i visi allineati al filo delle braccia e delle gambe, i colli avvitati, gli occhi persi nell'indefinito buio del pubblico. Una gloria portata tutta fuori, come nei cori d'angeli osannanti, gradassi di vesti e di ali, sulle cupole delle chiese.

La Donnagatto volle preparare due cappuccini, aveva la macchinetta da espresso, e volle anche scaldare nel fornetto a microonde due brioche surgelate. Si affettò mezza banana e mi porse l'altra metà. Sei schifata, disse. No, sono solo un po' stordita, le risposi. E fu allora che mi resi conto, una volta di piú, che sapevo davvero poco della donna che avevo di fronte, e che per raccontare la sua storia avrei voluto conoscere la sua infanzia e la sua adolescenza, i suoi genitori, le persone che l'avevano amata e quelle che l'avevano delusa, e come s'infilava le scarpe quando ancora camminava e se sfregava i piedi sulle lenzuola prima di addormentarsi e li arricciava al contatto con l'acqua fredda, e se la sua voce tanto bella si notava di meno quando ancora camminava. Ma mi fu chiaro che pur sapendo tutte queste cose non sarei stata capace piú di prima di ricostruire la sua vita, chiusa dentro quel corpo che io potevo solo vedere e percepire dall'esterno – anche se molti meccanismi erano simili ai miei – e dentro quella che chiamiamo anima, la capsula in cui avvengono relazioni complesse tra il fuori e il dentro, tra il sé e il sé, in cui ciascuno è immerso da quando nasce. E cosí era altrettanto chiaro che non sarebbe stato il racconto della sua esistenza che avrei scritto, se mai ci avessi provato, ma quello di un corpo, che poteva essere il suo e, piú spesso e verosimilmente, sarebbe stato il mio.

Le chiesi cosa avesse intenzione di fare, adesso. Mi disse che aveva messo da parte una discreta somma e poteva guardarsi intorno, avrebbe voluto viaggiare. Sí viaggiare, le feci eco, mentre disponeva le due tazze su un vassoietto per portarle sul tavolo, ma nel farlo, forse per la stanchezza o per la poca luce, una le cadde per terra. Il latte e il caffè rovesciati si allargarono sul pavimento. Stavo per dirle di lasciar perdere, che ci avremmo pensato l'indomani, ma era già domani, e quindi magari a un'ora piú decente, quando avessimo riposato almeno un po', però lei prese una bottiglia di plastica dallo scolapiatti, la riempí di acqua e detersivo. Poi andò in bagno e tornò con uno spazzettone fra le gambe, che appoggiò al muro. Staccò dal rotolo appeso sui fornelli un paio di fogli di carta assorbente per asciugare a terra, si chinò in avanti e cominciò a ripassare il pavimento. Una volta tolto il grosso del latte e del caffè versati, gettò l'acqua saponata dalla bottiglia tirandoci sopra lo spazzettone e lo straccio, manovrando con vigore. Dio solo sa dove avesse recuperato le energie. Puntellandosi contro l'asta dello spazzolone, eseguiva cerchi con la sedia a rotelle, si allontanava via via dall'area bagnata per non sporcarla di nuovo con le ruote. Una specie di danza per pulire il pavimento che impregnava l'aria di profumo al limone e che lei eseguiva come se fosse su una pista ghiacciata di pattinaggio, circondata dall'attenzione di migliaia di persone che, dagli spalti, attendevano un doppio *axel* o un triplo *toe-loop*. Ogni anello disegnato a terra, sull'acqua saponata, rifletteva lo smeriglio dei raggi delle ruote e diventava il filo che avrebbe innalzato un'emozione ovante allo stacco del peso, gli spalti che ondeggiano a destra poi a sinistra, poi si schiacciano a fiato trattenuto, prima di rialzarsi nel rilascio di un applauso o... della risata che mi scuoteva in quel momento, tanto mi sentivo sciocca e assonnata. Mi domandai se eseguisse le stesse manovre ogni volta che lavava i pavimenti di casa, oppure, come sospettavo, se fosse l'ennesima esibizione, e se tutta la sua esistenza non fosse che una grandiosa messinscena. L'aiutai a spostare di poco il tavolo perché potesse pulire anche lí sotto, e mentre osservavo le bolle dell'acqua saponata formarsi e scoppiare sulla ceramica chiara del pavimento, pensai al quadro dipinto dal pittore francese Jean-Siméon Chardin nel 1734. Un giovane uomo chino di tre quarti su un parapetto, di modo che gli si vedano il busto, il volto, la bella fronte, i riccioli ai lati delle tempie, fa con una cannuccia di paglia una bolla di sapone. A sinistra è posato un bicchiere con dentro un'altra cannuccia, a destra emerge la testa di un ragazzino – lo immaginiamo in punta di piedi – che guarda, attonito e pieno di meraviglia.

Delle tre versioni di questa scena, la mia preferita è quella che ora si trova al Metropolitan Museum di New York, dove alle spalle del giovane sembra che un piccolo fantasma azzurro soffi a sua volta nel bicchiere. La bolla in primo piano si tinge dello stesso colore turchese e non sapremo mai se questa grottesca sia un drappo, un'ombra, o un vero e proprio spirito: l'immaginazione dell'artista che soffia le illusioni necessarie a tollerare la realtà, deformandola mentre si specchia in una sfera opalescente, nella curvatura del suo fiato. Il ragazzo di Chardin passava un pomeriggio favoloso soffiando menzogne iridescenti, la Donnagatto inventava un mondo che non c'era.

Forse era stata lei a scegliermi, molto piú di quanto non l'avessi scelta io. Aveva voluto mettere alla prova il nostro braille ricamato sulla pelle nei punti di sutura della cicatrice, e piú di tutto quel corpo per cui non c'erano mai parole adatte e precise ma solo la catena infinita delle metafore, perché se non capisci dove sta il confine tra ciò che è dentro di te e ciò che è fuori, sarà sempre come scavare nell'acqua.

Quando la Donnagatto ebbe finito con il pavimento, albeggiava. Dalla finestra entrava una luce lattiginosa che s'infilava sotto le palpebre, invitandole a chiudersi. Mangiai la brioche e mi stesi sul divano, le gambe erano rigide e pesanti, piene di contrazioni per le molte ore passate seduta senza uno stiramento. Trovai una posizione accettabile e mi sembrò di calarmi dentro un sarcofago, le punte dei piedi e la testa toccavano i bordi opposti del divano e anche di lato lo spazio era sufficiente per stendere le braccia, ma non troppo discoste dal corpo. Prima di sparire in camera sua la Donnagatto mi accarezzò un piede e disse: ti è mai capitato di cadere dalla carrozzina e di non sentire niente, né il dolore né la resistenza dei muscoli e delle ossa, e hai come l'impressione di essere di gommapiuma, morbida e indistruttibile? Certo che mi era capitato, ma piú che indistruttibile mi ero sentita rimbalzata sul vuoto di me stessa.

Pensai a mia figlia che doveva essersi addormentata col padre e che risvegliandosi di lí a qualche ora non mi avrebbe trovata. Potevo dormire poco, giusto il necessario per far sí che le moltissime parole ascoltate si riavvolgessero su se stesse, smettendo di pungolarmi e chiedermi cosa stessi facendo lí, in quel momento.

Dormii un paio d'ore. Quando mi svegliai impiegai qualche minuto a capire dove mi trovavo. Misi lentamente a fuoco lo spazio e mentre con fatica provavo a risalire sulla carrozzina, col desiderio di uscire il prima possibile da quell'abbraccio di ballerini e muscoli perfetti, col desiderio di farmi trovare in casa quando mia figlia si fosse svegliata, vidi che la Donnagatto aveva lasciato un messaggio per me sul sedile della sedia a rotelle. Mi salutava e diceva che ci saremmo sentite nei prossimi giorni. Non osai affacciarmi alla sua stanza, me ne andai cercando di creare il minor urto possibile tirandomi dietro la porta d'ingresso. Fuori, sentii una specie di liberazione. Pensai che fosse una cosa reciproca.

Parte terza

L'acqua

But doth suffer a sea-change
into something rich and strange.

SHAKESPEARE, *The Tempest*, I, 2

2009. Un ceppo di influenza virale identificata dall'acronimo H1N1 si trasmette, in alcuni allevamenti del Messico, dai maiali agli esseri umani, in seguito si infiltra negli Stati Uniti e da lí nel resto del mondo. L'influenza provoca temperatura altissima e difficoltà respiratorie. A causa della sua provenienza, viene presto ribattezzata febbre suina e la gente non sa se sia piú o meno pericolosa di quella aviaria di cui, qualche anno prima, c'era stata una grave epidemia in Asia. Il contagio della suina è rapido, gli effetti della febbre potrebbero essere letali, a giudicare dai primi casi riscontrati. Dopo un allarme di pandemia che dura il mese di ottobre e quello di novembre, la situazione mondiale risulta però sotto controllo, con un numero di decessi paragonabile a quello delle normali influenze stagionali.

Nell'ottobre del 2009 mi trovavo alla National Gallery di Washington, negli Stati Uniti, per un seminario di ricerca e l'inaugurazione di una mostra sulla scultura veneziana rinascimentale. Ero in un gruppo composito di studiosi americani ed europei, pochi privilegiati che si occupavano di raffinati argomenti, perlopiú ignoti e irrilevanti per i sette miliardi e rotti di umani che popolano il pianeta. Per quelle anime, abituate a occuparsi di sottili problemi estetici, la mia disabilità era solo uno spiacevole accidente, da risolvere con pragmatismo e prontezza qualora si presentasse un ostacolo. Per il resto erano tutti parecchio impegnati a farmi sentire la loro stima intellettuale, condita da sentita ammirazione perché insomma non è detto che una persona nelle mie condizioni eccetera, eccetera.

Un pomeriggio ci riunirono in una saletta da tè adiacente gli uffici dei curatori, da cui si godeva una vista diretta e superba sul Campidoglio, e per questo motivo la grande finestra era quasi sempre oscurata da discreti frangisole antiproiettile, come del resto era antiproiettile il vetro. Ma il frangisole non era abbassato in quel momento perché, in via eccezionale, e sapendo di non correre nessun rischio, volevano proprio mostrarcela, *the view*. Mentre guardavo quella cartolina televisiva – la bandiera americana che sventolava, il cupolone bianco ed ecumenico che smangiava il cielo di un azzurro appropriato – arrivò la notizia che erano state diramate dal governo federale le linee guida per arginare l'influenza H1N1. Il virus aveva un elevato tasso di mortalità ed era piuttosto contagioso, in poco tempo si era diffuso da una costa all'altra degli Stati Uniti, da qualche giorno infatti ne sentivamo parlare sui giornali e in tivú.

Vidi la mia amica americana, Janice, leggere e infastidirsi, poi cercare di evitare che il foglio arrivasse tra le mie mani, ma qualcun altro meno attento, o meno sensibile, o che non aveva avuto il tempo di leggere per intero, me lo aveva già passato, con la tipica volontà di condivisione democratica che anima i luoghi di lavoro in quel Paese. Mentre sorseggiavo tè, mangiando muffin ai mirtilli, lessi. Le scorte di vaccino erano scarse, pertanto negli ospedali vi erano categorie alle quali non si doveva prestare soccorso: anziani, dializzati, malati terminali, handicappati fisici e psichici. Pensai fosse uno scherzo, ma la serietà con cui i miei colleghi leggevano il foglio, lo ripiegavano e lo mettevano in tasca, o in una borsetta, mi confermava che era tutto vero.

La disabilità è un lusso consentito solo a chi vive in una società opulenta e sana, pensai.

Mi sentii di nuovo nella melma primordiale, la lotta per la sopravvivenza in cui il branco protegge i piú forti, quelli che devono andare avanti per la continuità della specie. È la legge animale. Eppure non avevamo fatto di tutto per allontanarcene? Non era stata stabilita, alla fine dell'antichità, all'inizio della nostra èra, una nuova legge che diceva che gli ultimi dovevano essere protetti, amati, sostenuti? Non parlai con nessuno, lasciai il foglio su un divano, in bilico, pronto a cadere e, poiché gli obblighi istituzionali previsti dalla giornata erano finiti, chiamai un taxi per rientrare in albergo.

Alla rotonda di Columbus Circle, il taxi guidato da un anziano nero cominciò a rallentare, ben prima del punto in cui dovevo scendere: una signora in sedia a rotelle stava attraversando. La delicatezza con cui il tassista aveva fermato l'auto mi fece pensare a un inchino, una forma di gentilezza estrema verso chi è spacciato, anche se dubito che il tassista fosse a conoscenza delle disposizioni mediche del governo federale.

Io, per fortuna, rientravo in Italia il giorno dopo.

Janice mi chiamò al telefono, appena tornata in albergo, per dirmi che era molto dispiaciuta e che comunque su quelle linee guida non bisognava fare affidamento, erano solo la prospettiva peggiore che potesse verificarsi. Janice è un'ottima persona, sa di dover mediare, quando ha a che fare con gli europei, fra la brutalità dei modi americani e le schermature dei nostri. Era stata lei a invitarmi al seminario, era grazie a lei e alle sue adorabili colleghe se per una settimana avevamo ammirato da vicino incredibili opere d'arte e ne avevamo discusso, banchettando con cibi e vini scelti ogni sera. La salutai con la promessa che avrei fatto di tutto per non ammalarmi di febbre suina nelle ore che mi rimanevano da trascorrere nel suo Paese.

Quella notte feci fatica a prendere sonno e anche quando mi addormentai fui perseguitata dagli incubi. Mi svegliai con l'impressione di sentire la voce della Donnagatto. Era lei che urlava dalla finestra verso il Campidoglio: avete fatto tanta fatica a tenerci in vita solo per dimostrare che eravate piú intelligenti della malattia e della morte e ora ci lasciate morire?

Cosí di colpo mi ricordai della sua voce e ne provai nostalgia. Com'è ricostruire una voce che non si sente piú da tanto tempo, come si risale alla sua specifica qualità, quella che attribuiamo anche al gusto dei cibi? Quando pensiamo a una fragola, abbiamo un bell'adunare aggettivi per evocarne il sapore, sarà sempre infedele rispetto al momento in cui una fragola toccherà il nostro palato e ci riempirà di sé, del suo essere fragola. E cosí era anche per la voce della Donnagatto, che non sentivo da tantissimo, da quando mi aveva annunciato al telefono che andava a vivere fuori città e che voleva dedicarsi allo sport. E non ci eravamo piú viste, anche se qualche volta io l'avevo cercata per un appuntamento, ma forse con poca convinzione, e comunque doveva aver cambiato numero di cellulare, perché dopo qualche squillo non rispondeva piú e, alla fine, risultò disattivato.

Quando muoiono le persone si dice che una delle cose che sparisce per prima, nel ricordo, è il suono della voce, tanto individuale e unico per ciascuno che, come le impronte digitali sono la firma originale del nostro involucro esterno, cosí la voce è la firma degli organi, della connessione interna fra cuore, polmoni, pressione sanguigna, respiro e, forse, anche dell'essenza piú sottile che li tiene insieme, la psiche. Da piccola, quando sentivo una musica che mi piaceva in televisione o alla radio mi sforzavo di memorizzarla per poterla riprodurre dentro di me. Sottoponevo la memoria allo sforzo di catturare le note senza conoscerle, solo ascoltando e associando ogni frammento di melodia a una sede fisica. C'erano musiche che pescavano nelle orecchie ed erano dita paffute che correvano e premevano poi sul cuore, altre che s'annodavano a un'idea come di cielo azzurro e pulito, di fango sul fondo dei fossi, e le sentivo scorrere sotto la lingua. Cantavo muta trattenendo la voce e facendola risuonare contro le mascelle, contro il soffitto del palato, le tempie, le ossa del cranio, nel mio auditorium encefalico. Quest'allenamento si è sedimentato da qualche parte, e torna utile all'occorrenza, mi basta poca concentrazione per rievocare la voce della Donnagatto, che non è morta, ma non so nemmeno dove sia. Anche se da tanto tempo le mie orecchie non la sentono piú, la sua voce torna subito con le discese e le risalite, con i picchi d'argento, le vocali liquide e dilatate, le consonanti svelte, le velature arrochite che la rendevano tanto avvolgente. Allora è come se ce l'avessi di fianco, e l'ascoltassi di nuovo, ma non posso fare a meno di domandarmi se quella voce disincarnata abbia trovato requie, o sia sempre alla ricerca famelica di un luogo in cui stare, e se al termine di ogni frase che pronuncia si produca ancora quel senso di cancellazione che tanto mi aveva colpita, quando l'avevo conosciuta.

Il giorno dopo, mentre preparavo la valigia, ero nervosa e contenta di rientrare a casa, dalla finestra aperta entrava l'odore dolciastro e onnipresente di hamburger alla piastra, l'odore appetitoso robusto corrotto e indigesto di quel Paese.

Mi dissi che di ritorno in Italia l'avrei cercata, la Donnagatto. Le avrei raccontato quell'episodio, forse ne avremmo riso insieme. Ma non l'ho piú trovata. Sparita dall'elenco telefonico. In internet l'ultima notizia che la riguardava risaliva a due anni prima, per un torneo regionale di tennis in sedia a rotelle, quando probabilmente usciva ancora con Marco, l'allenatore e amante che aveva avuto le chiavi di casa sua.

Dopo aver indagato invano tra le comuni conoscenze legate all'ambiente della palestra di fisioterapia, ho provato a risalire ai genitori, ma anche loro non avevano notizie fresche. La madre al telefono – una voce stanca forse di donna appesantita nel corpo, niente a che fare con quella della figlia – mi parlò di un viaggio in Thailandia, di una cartolina ricevuta un mese prima, di qualche chiamata, ma rara.

Cosa vuole che le dica, mia figlia ha sempre avuto la fissa della vita nomade e mi sa che sta facendo sul serio. Ma lei mi richiami, magari si sistema da qualche parte e io le do l'indirizzo.

Mi domandai che fine avessero fatto tutte le sue fotografie di ballerini e se e come avesse deciso che non dovevano piú lavorare per lei. Chissà dove le aveva depositate, forse vendute, o regalate, magari distrutte, perché la fine che tocca ai santuari, talvolta, è proprio quella di essere distrutti.

L'immagine della Donnagatto su una spiaggia dell'oceano Indiano non mi era di molto conforto e non sapevo nemmeno se farvi affidamento. Poteva essere una bugia. Aveva detto che voleva cambiare vita e lo stava facendo, ma chissà come.

Fine estate 2015. A novantasette anni, dopo essere stata in condizione di demenza senile per gli ultimi dieci, muore Carol Rama, artista torinese. Nei necrologi viene definita eccentrica e segnata dal precoce suicidio del padre e dalla nevrosi della madre a lungo degente in una casa di cura per malati mentali. In rete trovo una sua video intervista in cui appare vecchissima, senza capelli, con una treccia bionda posticcia che le fa da coroncina.

Dice che la pornografia è qualcosa, meglio di niente, non un granché. Mi domando cosa intendesse.

Ho imparato a guardare i ballerini e i balletti senza piú soffrire, anche se talvolta a metà di un'intervista dove Sylvie Guillem racconta di come si alleni sei ore al giorno, a quasi cinquant'anni, ma non sappia quanto ancora potrà andare avanti, mi ritrovo con le guance bagnate, un paio di singulti, una colpevole soddisfazione.

Una volta, a cena a casa di amici, conobbi una ballerina francese che faceva parte della compagnia dell'Aterballetto, era incinta ma continuava a ballare, le avevano disegnato una coreografia speciale, una sorta di *longue promenade*, come la definí lei. In quell'occasione, come in numerose altre, feci uno sforzo per trattenere la commozione, la smodata voglia di piangere, perché se era vero che io, con il mio corpo, mi sentivo esclusa da quel mondo di grazia e virtú, era altrettanto vero che potevo ancora vederlo negli altri e mi colmava, come ci si fa colmare da una musica o da una poesia.

A trafiggermi senza scampo sono i pattinatori sul ghiaccio, a quelli non resisto, dopo il primo doppio o triplo *toe-loop* ho gli occhi inondati, soprattutto se hanno i capelli sciolti al vento, le vesti svolazzanti, e sorridono, lo fanno quasi sempre.

Sogno da qualche mese sempre la stessa ragazza coi capelli biondi in sedia a rotelle. Esile, con un volto affilato e una bocca rossa piena di denti e di lingua. A volte non è sulla sedia ma su un lettino ortopedico di ferro. Altre volte invece la trovo con le scarpe rosse e la testa fiorita come un'aiuola, tiene il proprio sesso esposto e intorno ha grappoli di maschi nudi ed eccitati. Sempre lei ricompare in mezzo a minacciosi attrezzi ortopedici in serie: plantari, lacci e protesi. È sempre la stessa ragazza, la riconosco per via dei capelli chiari e della lingua rossa piena di vita e di voglia. Mi dico che è una variante della Donnagatto.

I sogni sono statici, non accade molto. Qualche volta i maschi si masturbano, nella sua totale indifferenza. Qualche volta lei si alza dalla sedia a rotelle, fa due passi e allora anch'io mi dico che non c'è stata nessuna ragione in passato, e non c'è alcun reale impedimento adesso, per cui io non possa camminare, anche in questo momento, se lo voglio. La paralisi mi sembra una cosa inventata che la mia mente può sciogliere in un istante, perché ne ha il potere.

La donna bionda rimane distante, non c'è alcuna interazione fra di noi. Quando invece la vedo legata sul lettino, soffro, anche se ci provo non riesco mai a liberarla, qualcosa mi impedisce di raggiungerla e mi toglie forza alle dita, i lacci e le fibbie sono troppo stretti perché io possa districarli. Lei comunque rimane inerte, con la sua aureola dorata e fiorita in testa, la bocca rossa, sguaiata, tipo quella che si pittava la pornostar e senatrice Cicciolina.

La Donnagatto aveva i capelli castani, non biondi. Era robusta, se non proprio in carne. Questa invece ha le ossa di un uccellino e i capelli come fili di paglia, un leggero strabismo, l'ombretto azzurro sulle palpebre. Nel sogno mi stupisco sempre dell'estrema precisione grafica con cui questa figura femminile si delinea, e di come le ruote della carrozzina moltiplichino i loro raggi in una prospettiva che è tutto fuorché geometrica, ma sentimentale: da ogni raggio s'irradiano una bestemmia e una maledizione. Qualche volta ho la tentazione di prendermi cura di questi raggi, raddrizzandoli, mettendoci un po' di olio per farli scorrere meglio. Ho in mano un pannetto umido che m'impasta le mani e sento l'odore pungente del lubrificante, però non ho il coraggio di avvicinarmi alla sedia con la donna bionda e nuda. La sua lingua rossa tirata fuori mi tiene alla larga. Mi sento sospesa nel vuoto. L'ambientazione è inesistente, lo sfondo bianco. Ma quando volgo l'attenzione a quel bianco, il sogno accelera verso il risveglio e scopre la sua vera natura: sono le illustrazioni di un catalogo dell'artista Carol Rama, i suoi acquerelli che vedo. Ho comprato il catalogo della mostra retrospettiva che le hanno dedicato e la sequenza delle scene che sogno segue quella dell'impaginato.

Ogni volta la mente ricrea la stessa situazione onirica senza che io possa riconoscerla, se non verso la fine, quando sta per dissolversi.

Le sedie a rotelle, le scarpe e gli attrezzi ortopedici, i letti con le cinghie, le ragazze nude circondate da maschi a loro volta nudi ed eccitati, le lingue dure e rosse, i denti smaltati di saliva mi circondano come totem. E non c'è piú differenza fra animato e inanimato. Corpi che osservano nelle cose il loro destino: diventare a loro volta cose, trovare la pacificazione nell'essere oggetti. Anima e sagoma, pianta e tomaia.

Con il traslare tipico del sogno, l'esposizione del desiderio è il desiderio stesso, l'oggetto e lo strumento per realizzarlo. Il sogno mi consola, o mi spinge verso ciò per cui non avrei mai coraggio nella realtà. Forse non si tratta nemmeno di coraggio. Io mi rifugio nelle parole, ci scavo dentro nicchie, mi faccio aggredire da loro come da fantasmi, ci ricamo reti di sostegno per quando precipito, lascio che scandiscano i miei giorni, che siano per me sorte e destino. La Donnagatto era vicina alle cose, aveva la semplicità diretta delle cose e concepiva il proprio corpo, e forse la sua intera vita, come un'estesa performance.

Quella lingua rossa. Quelle telefonate oscene in cui risagomava il suo corpo. Quel suo volteggiare su ciò che non c'era, se non nella fantasia. Era libera, io sentivo che tendeva alla libertà.

Perché è di libertà che si dovrebbe parlare, quando si parla di corpi. Ma come si fa, se non ce li scegliamo nemmeno alla nascita? I nostri corpi sono già passato, eredità elargita da chi ci ha generato e preceduto nella tirannia combinatoria dei geni. Passiamo l'intera vita a spiare, cercare di conoscere e curare un involucro che ci rimane in larga parte ignoto e che si deteriora secondo dopo secondo, tradendoci innumerevoli volte, mentre a noi tocca sostenerlo sino alla fine senza mai potercene liberare. Non c'è da stupirsi se l'innamoramento appare prima di tutto come un tradimento di sé. Cuciti nella nostra pelle, ci struggiamo per quella altrui, come se passando di pelle in pelle potessimo, per poco o tanto, abolire la madre di tutti i tradimenti: la parola con cui ci separammo, a partire dal nome proprio che colei che ci ha partorito usò per distinguerci da sé, per farci esistere. Di parola in parola, uno strappo dopo l'altro, il mondo prendeva forma insieme alla nostra solitudine, alla nostra separazione.

E forse anche per questo cerchiamo e idealizziamo gli animali, privi di parola, li pensiamo in una prossimità gioiosa con la materia di cui sono fatti, li isoliamo nelle virtú che attribuiamo loro, li ammantiamo di un oblio esteso su un fatto cruciale: si mangiano a vicenda per sopravvivere.

Eppure troneggiano sulle porte delle nostre città, svettano su bandiere e scudetti, porte e cancelli, e perfino sul cofano delle automobili, quando non si trasformano in innocui peluche. Aquile, leoni, orsi, pantere, giaguari, nessuno di loro su una sedia a rotelle. Saggiamente, in tal caso, si lasciano morire.

La Donnagatto era sparita come un felino provvido o egoista, aveva abbandonato la gabbia delle fotografie di ballerini e la scatola del telefono per dirigersi altrove, in un'altra gabbia forse, o su una spiaggia. È anche sulle spiagge che mettiamo alla prova la tenuta delle sbarre, perché deve essere stato lí che, in un passato remotissimo, ci siamo separati per sempre dall'acqua, credendoci liberi, svegliandoci da un sonno in cui ogni cosa era fusa e unita.

Non tutti sono disposti ad ammettere di essere in gabbia, e non tutti hanno la tentazione della libertà, era stata proprio la Donnagatto a insegnarmi che se ne poteva fare tranquillamente a meno. I corpi poi non sono mai liberi, lottano sempre con la propria ombra. E nell'ombra s'annida, di solito, qualcun altro.

A volte la immagino di schiena, la cicatrice che va dal centro delle scapole fino all'altezza dei reni, il filo seghettato che non ho mai visto ma che sarà simile al mio, una cerniera che tiene tappata la vita avendola imprigionata, piano piano si smaglia. Lei si alza e va incontro a quel mare che le mangia le gambe, l'assale al petto come un amante insaziabile. Ma è solo la mia immaginazione.

Anche sulla spiaggia, dove si spogliano e si rilassano, i corpi si perimetrano lo spazio, schermati dalle circonferenze degli ombrelloni, stesi o seduti su sdraio e lettini che non devono varcare l'area del vicino, il medesimo e centellinato diritto al sole e al suo riparo nelle strisce di sabbia raggrumata che sgranano a terra i volumi, nel chiaroscuro. Si voltano e rivoltano, si aggiustano i costumi, per scoprire o coprire, si misurano a vicenda nei depositi di adipe, nella tonicità dei muscoli, nella capacità di attrarsi o respingersi.

L'odore di creme solari e di pelle umana sudata arriva fino alla superficie dell'acqua dove, portata a braccio e calata, galleggio cercando di capire fin dove posso spingermi. A volte rientro verso il basso fondale sabbioso dove si creano specchi e lenti, come macchie di olio nella minestra, ed è piú facile inseguire i pesci piccoli che si muovono a gruppetti, con scatti diagonali destra sinistra, sinistra destra. Dopo un po' mi stanco di questo mare addomesticato e vado verso le profondità della falesia, dove ci sono colori piú tentatori, viola e grigi riflessi dalle rocce, e dove immagino sempre possa spuntare una murena, mentre è certo che qualche medusa stanca si lascia trascinare dalla corrente e confonde il proprio colore d'ametista con quello dell'acqua. Piú in là i pesci volanti guizzano al frangersi delle onde sugli scogli, e mi domando se abbiano mai la tentazione di ricadere sulla roccia anziché di nuovo in mare, e come facciano a essere cosí precisi nel calcolare la traiettoria, un'avventura quotidiana che giustifica in pieno la loro esistenza. Intanto nuoto, stando in apnea il piú a lungo possibile. In questo universo parallelo, con le sue leggi diverse dalla terraferma, non ho bisogno di essere sostenuta da nulla, mi fondo come ogni altro elemento con l'acqua, con i deflussi dei pesci, con la polvere delle conchiglie, delle rocce erose dal sale, con gli scarichi umani, nella paziente ruminazione del pianeta blu che ruota su se stesso, senza sosta.

L'euforia mi prende per lo spazio che l'acqua dilata e sottrae alle regole verticali e orizzontali, per i colori che sono spessori di luce, il chiarore del fondo di sabbia, i velluti delle rocce, il cielo colato nel mare, il riflesso inaccettabile della trasparenza. Vorrei tornare pesce. Le gambe, rigide all'asciutto, ritrovano qui la loro natura flessuosa di alghe, di pinne, di appendici metamorfiche, di coralli. La schiena si srotola e segue il movimento della corrente. Mi muovo in ogni direzione, verso l'alto e verso il basso, in spirali che ricreano il confine tra dentro e fuori. Emergo a pelo per avere il fiato e mi reimmergo con la calma di chi torna a casa dopo molto tempo. Respiro.

Non c'è piú nulla a separarmi dal mondo e dagli altri, perché non esiste confine nell'acqua, sono vicina all'origine remota, al dissolvimento prossimo.

Nota al testo.

La citazione a p. 3 è tratta da J. Kosinski, *L'uccello dipinto*, trad. di Vincenzo Mantovani, minimum fax, Roma 2015.

La citazione a p. 81 è tratta da *Giobbe* 19.26, in *La Sacra Bibbia, Antico e Nuovo Testamento*, nuova Diodati, revisione 1991.

Indice

Questo libro è stampato su carta contenente fibre certificate FSC®
e con fibre provenienti da altre fonti controllate.

FSC
www.fsc.org
MISTO
Carta da fonti gestite
in maniera responsabile
FSC® C115118

Stampato per conto della Casa editrice Einaudi
presso ELCOGRAF S.p.A. - Stabilimento di Cles (Tn)
nel mese di marzo 2017

C.L. 23201

Edizione							Anno			
1	2	3	4	5	6	7	2017	2018	2019	2020